「一緒に地獄に落ちてあげる」狼少女はそう言った

あまひらあすか

AMAHIRA Asuka

文芸社文庫NEO

目次

「一緒に地獄に落ちてあげる」狼少女はそう言った

1：断頭台の狼少女

――「百年前」、という概念よりも、もう少しだけ昔の話。

魔法というのは、世界において当たり前でありふれた、普遍的な技術であった。だから、戦争で魔法が使われるのもごく自然なことだった。その戦争がいつ、どのように、何がきっかけで始まったのかは、もう誰も覚えていないし、記録にも残っていない。ただ、大きな大きな世界規模の大戦があったことは、紛れもない史実。

戦争は技術を進歩させる。魔法もまた然《しか》りで。「もっと殺せる魔法を」「もっと手軽に」「もっと大規模な」「もっと深刻な」――そんな試行錯誤の果てに、世界はやがて更地となった。

文明も、栄華も人口も失って。傷痕だらけの大地に残ったのは、壊れた廃墟と、魔法で理《ことわり》が歪んだ土地と、魔法によって生み出された数多《あまた》の生体兵器・魔物。そうしてわずかな、生き残りの人間だけ。

生き残った人々は言う。

「世界がこんな風になったのは、全て魔法が悪いのだ」と。

人々は魔法を恐れた。魔法は人間を滅亡に追いやる「諸悪の根源」であると定めた。

魔法は悪だ。魔法使いも悪だ。魔法の落とし子たる魔物も悪だ。――そうして世界から魔法は失われていき、理解する者がいなくなったからこそ、よく分からないモノとしてますます恐れられるようになっていった。

「かくして世界は平和になった」――と、今を生きる人々は信じている。

●

「待てぇ！　ぅー！」

ごみごみとした狭い路地。上へ上へと増築した建物達のせいで薄暗く湿っぽい、つんとした異臭が常に漂う、そんな道を、一人の少女が駆けている。少女に名前はない。母親も父親も知らない。覚えていない。だから年齢も誕生日も知らない。多分、十あるかないか、そのくらい。ぼろきれの服に裸足、ボサボサの髪はノミだらけ、あちこち垢《あか》だらけ、栄養不足の痩せぎすで、見るからに浮浪児で。

——その町は『旧大戦』における要塞だったという。半壊し、風化し、劣化したその姿にかつての偉容は既にない。どうにか残った城壁と塔から、「ここが要塞だった」と推し量れるのみだ。長い戦争が終わり、生き残った人々は、こういった『残骸』に身を寄せた。そうして好き好き銘々に改築や建築を行って、今、その要塞は「要塞のあちこちに小屋がビッシリとくっついたような」奇妙な姿へと成り果てている。

そんな町で、躍起になって彼女が追いかけているのは——一匹のネズミ。ただし普通のネズミより一回りほどずんぐり大きく、目玉は不気味な単眼だった。魔物だ——危険度は低い、街中で稀《まれ》に発見される『突然変異』だ。ネズミや虫、鳥や野犬などが、たまに『魔物に変質する』ことがある。理由は、少女は知らない。大人達は「知性が低いケダモノだから」と言っているけれど。

魔物は異端、悪、在ってはならない存在だ。だから捕まえて町の管理局に引き渡せば、町の平和に貢献する善行を成したとして報酬がもらえる。金があれば、食べ物が手に入る。ゆえに少女はネズミ魔物を追いかけ回す。彼女の目に、そのネズミは金の塊に見えていた。

息を弾ませながらチラと視線を上へ、もう少し走ったら大通りに出てしまう。市場が並ぶ人通りの多いところだ。あそこにネズミ魔物が逃げてしまったら人ごみの中で見失ってしまうし、他の人間に『獲物』を奪われるかもしれない。急げ、急げ、もっと速く――

「だああ！」

いっそのこと跳んだ。両手をめいっぱい伸ばす。届け届け届け――そう念じながら

――小さな手が、モッとネズミ魔物を掴み取った。

「獲った!!」

地面に転がりながら、両手はネズミ魔物の首根っこと胴体をしっかと掴んでいる。キーキーとネズミ魔物が喚《わめ》き散らす。噛まれないよう首を絞めあげ固定する。「よし、よし、よし」と名もなき少女は得意気だ。頬を上気させ、体についた砂埃や小さな擦《す》り傷を全く気にせず立ち上がる。

「魔物を獲ったぞ！」――とそこらの人間に自慢したいが、そんなことをしたら狡《ずる》い大人が少女を殴り飛ばして魔物を奪ってしまうだろう。だから息を殺し、キョロキョロして周りの目を警戒し、身を小さくして、少女は町の中央――要塞の塔の跡地へと走り出した。

大通りは避けて歩く。路地裏の隙間、向こう側、人々が疎《まば》らに往来する賑わいが垣間見える。

かつて魔法があった時代、人類はこの上なく栄華を極めていたそうだが、今となっては中世程度に逆戻りしてしまっていた。華美な服を着た「見るからに贅沢そうな」

人間は見当たらない。豊かな生活はとてもじゃないが送れていない。街々を繋ぐ街道こそあれど、魔物の存在が積極的な交流と物流を阻む。土地を広げようにも同じく。限られた生存圏で、限られたリソースで、どうにかこうにか今日もやりくりしている者ばかりだ。「すべて魔物と魔法が悪い」と悪態を吐きながら、疲れた顔をしている。

豪華な服を纏《まと》う者はいないが、一方でその代わりのように、武装した人間ならばちらほらといる。城塞の外で活動する者だ。行商、魔物狩り、壁の外に畑を持つ者、近くの森で伐採など作業をする者、川で漁業をする者――城壁の外は魔物がたくさんいて危険らしい、が、少女は生まれてから一度も壁外に出たことがなかったので、本当かは知らない。城塞に護られたこの町で、少女が見た魔物はこんなネズミ程度だったり、大きくても野犬程度だった。目撃頻度も、一年に一回あるかないかぐらい。だから少女は大人達の言う「魔物は恐ろしい存在だ」という言葉にピンときていなかったし、それどころか「大人は臆病だなあ」とすら思っていた。

●

管理局は、いわゆる役所のようなものだ。とはいえ、この荒廃した世界に綿密でシステマチックで画一的な統治というものはない。議員がいて選挙があってどうのこうの……というよりも、自警団と形容した方が正しい。魔物から町を護る為、犯罪者から身を護る為の存在、秩序を保つ為の番人だ。ここは要塞跡地ということで城壁に護られているので魔物が襲撃してくることは滅多にない（少なくとも少女の短い生涯の間で、魔物が町を襲撃するような大事件は起きていない）。

「魔物捕まえた、金くれ」

少女は首を摑まれキーキー喚く不気味なネズミを差し出した。近付いてくる薄汚い少女に怪訝な顔をしていた衛兵は、「うわっ」と更に顔をしかめた。

「……どこで捕まえた？」

「あっち……路地裏、生ゴミ食ってた」

「他に目撃したか？」

「いや、こいつだけ。早く金くれ」

人間の集落において、魔物という悪を見かけたら速やかに管理局へ報告することは聖なる義務であった。衛兵は溜息を吐いて、人を呼んで、ネズミが魔物であることを確認して、分厚いグローブを着けた手で魔物を受け取り、どこぞへと運んでいった──後で『公開処刑』するんだろう。串刺しにして燃やして晒《さら》すのだ。もう少し大きい魔物だったら首を刎《は》ねたりもする。

「ご苦労だった」

少女の掌に触れないように（薄汚れて爪は真っ黒だし、さっきまで魔物を直掴みしていた）、衛兵は少し高い位置から幾つかのコインを落とした。少女は目ざとく、一枚も落とさず、それらを全てキャッチする。魔法でズタボロになった世界だが、未だ『お金』という概念の影響力は大きい。

「えへへ。まいど」

少女は歯を剝《む》いて笑うと――大人への不信感から目は笑っていない――パッと踵《きびす》を返して走り出した。駆けながら、くすんだコインを雲の多い昼下がりの空にかざす。これで飢えずに済みそうだ。コインを落としたりスられたりしないようしっかりと握り込み、少女は再び路地裏の奥へと向かった。

●

――少女の最初の記憶は、薄暗くて湿った路地裏の奥。

乳幼児期をどう生き抜いたのか記憶はないし、それを教えてくれる人もいない。気が付けば、物心がつく前からそうであったかのように、少女は薄汚い壁に囲まれて、凹んだ一斗缶の焚火に照らされていた。そうして似たような、身寄りのない薄汚れた浮浪児達と、身を寄せ合って生きていた。誰もかれも、名前もなくて、家もなくて、いつだって空腹で。

「ただいまー」

息を弾ませる少女は、子供達がねぐらにしている路地裏の奥まで戻ってきた。ちょっと開けた行き止まりだ。時間は夕暮れ。寝床代わりのしなびたマットやボロ毛布、雨をしのぐ為に端材で違法増築した屋根、古い石畳には欠けた食器が転がっている。

「おかえりー」

少女と同じかそれより下の年齢の子が、ちらほらと数人ほど、遊んでいたり隅っこでじっとしていたり。その中の幾人かが少女へ言葉を返した。なお、彼らは少女のように名前がない者ばかり。年長者は仕事をするようになれば、便宜上として何かしら名乗る場合もあるが。

そんな『年長者グループ』は、まだ帰ってきていないようだ。少女の手にはまだコインが握られている。年下が取ってきた金や食料は、リーダーである年長者達へ渡すことが決まりになっていた。『稼ぎ』を内緒にして独り占めすることはご法度《はっと》であった。

(なんだ、まだ帰ってきてないのか……)

と思ったのも束の間のこと。

「おーい。ごはんだぞー」

数人の年長グループがまばらに戻ってくる。それを合図に、留守番をしていた小さな子供達が我先にとワッと群がった。ちょうだいちょうだいと手を伸ばす、まるで雛鳥のように。

「順番だ、順番！」

我先の手を払いのけつつ、年長の者が手に持っていた袋を割れた石畳に下ろして開いた。そこには廃棄された食べ物が詰まっていた。中にはカビていたり腐っていたりするものもあった。それでも、子供達からすればごちそうで。

「ほら、食え」

年長者の、リーダー格である大柄な少年の手によって、食べ物が分配されていく。少女もそこに並んだ。そうしたら、硬い硬いボソボソのパンが渡された。表面がカビているが、その部分は剝き砕いて捨てれば問題なかろう。

「あのね、あのね、リーダー、これ」

少女は期待にソワソワしながら、大事に握り締めていた生ぬるいコインを差し出した。

「あのね……！　あたし、魔物捕まえた！　それでね、これ、お金！」

「――おお！　すごいじゃねえか！」

コインを『徴収』したリーダーは、二次性徴を迎えたばかりの掌で少女の頭をワシヤワシャ撫でた。

「皆！　こいつが魔物捕まえたってよ！」

これがその証拠だ、とリーダーがコインを掲げる。子供達にどよめきが走った。

「魔物を⁉　本当に⁉」

「触ったの？　病気になったりしない？」

「すご～～～い、かっこいい」

そのどよめきが、賞賛が、頭を撫でてくれる手が嬉しくて、誇らしくて。少女はフンと胸を張る。とても晴れがましい気持ちだった。

●

少女が『稼いできた金』は、明日の朝市で使うと年長者達は言った。

それから、他の年長の少女が、小さな子らが集めた食材――その辺の草やネズミや虫、どぶ川にいる貝や魚や甲殻類、あるいは盗んだり拾ってきたりした食べ物――でスープを作ってくれた。スープといっても、適当なものを煮込んだだけの代物だ。ガラクタ入りの白湯《さゆ》に等しい。それでも、温かい椀を持つと、心までじんと温もるようで。

「あのねえ、あたし今日ね――」

「これ食べたらあそぼ！」

「リーダーは今日どんなことしてきたの？」

賑やかな食事風景。子供達は銘々に話したいことを話している。少女もそんな中の一人。

「それでなあ、魔物をなあ、跳びかかってギュッと！　こう！　捕まえた！」

大捕り物を得意気に、身振り手振りで誇らしげに。「すごーい」という言葉が、眼差しが、少女にはこれ以上なく誇らしかった。

そんな子供達に、一日三食なんて贅沢は存在しない。年長者らは違うかもしれないが、少なくとも少女の食事は一日に一回だった。ない日もあった。だからこそ、こうして皆でわいわい何かを口にするのが、少女の人生における最大の娯楽であった。「おいしい」を知らない少女にとって、汚らしくみすぼらしい食事の味はどうでもよかった。食事とは、胃に食べ物を詰め込む生命維持活動のことを指していた。それでも食事は好きだった。食事の時は、皆がいるから。

年長者らの役目は、仕事をして、あるいは犯罪に手を染めてお金を稼いで、それでどうにか一日を生きること。幼い子供達の役目は、残飯集めをしたり、物乞いをしたり、あらゆる手段でその辺で食べ物をとってきたり、その年齢でもできるような仕事をしたり、少しでも年長者らの足手まといにならないこと。子供達を助けてあげようとする大人はいない。大人というのは、少しでも搾取して利用しようと悪だくみをしている、と年長者らは繰り返した。「大人を信じるな」、それが子供達の合言葉。大人を敵視して、幼い彼らは団結した。

だって本当に、少女が大人と出くわすと、大抵の者はゴミを見るような不愉快の顔をする。見て見ぬふりをする。商売人が歩く往来に顔を出そうものなら、「あっちへ行け！」と追い払われる。大人に近付くだけで彼らはとても嫌そうにする。今日の管理局でだって、衛兵達は常に少女へ不信の目を向けていた。その他にも、舌打ちをする、怒鳴る、叩いたり蹴ったりしてくる。酔っぱらった男などは意味もなく暴力を振るってきたり、中には少女が『女』というだけで強姦をしようとする者もいた。大人に甘やかされて育った子供もおんなじだ。石を投げてきたり、悪口を言って嘲笑したり、棒を持って追いかけ回してきたりする。町の人間にとって、少女のような浮浪児はいてはならないような、汚らしい、不愉快な、邪魔者だった。

少女はそういう『敵』達に、何度も殴られたり蹴られたり追いかけ回されたり唾を吐かれたりした。今日の昼だって、往来の隅を硬貨でも落ちていないかとうろついていたら、通りすがりの女に、「病気を運んでくる前に死んでくれたらいいのに」と毒づかれたところだ。

灰色のこの町に救いはない。法律というモノも守ってはくれない。この町は貧しい。金銭的な意味でも、人の心に関しても。なにせこの世界は『世界的終末戦争』の長い長い『戦後』が、今もなお絶望的に続いているのだから。

だから、大人や社会に『そこらへんの』子供を護ってやれる余裕などない。昨日笑い合った子が次の日の朝には病気で冷たくなっていたり、大人に殺されたり、馬車に轢《ひ》かれたり、攫《さら》われて二度と戻ってこなかったり――大人の庇護を得られない子供が生き延びるには、子供同士で寄り合うしかなかったのだ。地獄のような世界だからこそ頼れるのは仲間だけで、だからこそ子供達は互いを『家族』と呼ぶようになって、信頼し合って団結し合って、今日をどうにか生きてきた。一日を生き抜くことで精いっぱいだった。決して安全ではないけれど、居場所という安心感がそこにはあった。

「あんた、もう少し小綺麗にしなよ」

年長者の少女――この集団で一番の美人は、その美貌を『商売道具』にしていた――の隣に座れば、いつも少女のボサボサ頭を撫でてくれる。少女はこうやって撫でられるのが好きだった。特別な感じがして、心が落ち着く。他の年長者は気に食わないことがあればすぐ殴って言うことを聞かせようとするけれど、この『姉』は少なくとも女の子には暴力を振るわなかった。

「顔のパーツは整ってるんだからさ、うまくやればすぐ客とれるよ。なんだったら客を紹介してやろうか」

「やだー。おっさんのゴキゲン取りなんかつまんない。あたしねえ、魔物狩りしたい！魔物捕まえたらすっごい褒めてもらえるもん。お金ももらえるし。あたし、もっとすごいすごいって言われたい！」

「危なっかしいよそんなの。寝っ転がって適当に演技してる方が楽に安全に稼げるのに」

「いーの！」

食べ終わった空の欠け食器をそのままに、少女は跳ねるように駆けて、かけっこをしている『家族』達の方へ。

「あたしも遊ぶ！」

日の届かない薄暗い路地を走り回る。素足のまま。笑い合う。この中のほとんどが大人になれないまま死んでいくような環境で。自分が死ぬことなんて考えたこともないような笑顔で。少女は文字の読み書きもできなければ計算もできない、教養もない、あまりに無知ゆえ、現状を打破したいなど思いつきもしなかった。きゃあきゃあと、自分と同じ境遇の子供達と――『家族』と楽しそうにじゃれ合っていた。『家族』こそが世界で、『家族』だけが味方だった。

これが少女の日常。

旧大戦で破壊された街の残骸と廃墟、その片隅の路地裏に住む子供の世界。

むかしむかし魔法による世界大戦があった世界の、その後のお話。

こうして少女の人生は、ありふれた粗末さのまま進んでいくはずだった。


――全てが狂い始めたのは、その日の満月の深夜のこと。


「う……ぅ……」

熱い。少女が全身に感じたのは、激しい熱だった。熱くて熱くて眠れない。もしかしたら病気になってしまったのかもしれない。寝床のぼろきれの中で呻《うめ》きもがき、もう我慢ができないと身を起こした。雨水を溜めた水瓶が置いてある、そこで水を飲もうと思ったのだ。

「ん～～～……、ん……？」

満月が映り込む水面。静かな水鏡に、水面を覗き込む少女のかんばせが映っている……のだが。妙だ。頭に何か……三角のモノが二つ、ついている。

（なにこれ……）

熱さにうんざりした気持ちになりながら、寝癖にしては妙なそれに手を触れた。ふわり——柔らかくて、温かい。「温かい」といえば、尻にも何か、温かくてふわふわしたモノが——振り返ってみれば、襤褸《ぼろ》のワンピースの裾《すそ》から、黒い獣の尻尾が生えていた。

「ッ⁉」

驚愕、と共に尻尾の毛がブワッと逆立つ。その様に少女はますます驚愕する。思わず引き抜こうと摑んで引っ張ったら、尾てい骨にズキッと痛みが走った。尻尾は取れない。なぜなら少女の体から生えている生身だったからだ。

「なにこれ、なにこれなにこれッ」

少女はパニックのまま、水瓶を覗き込んだ。頭の謎の温かいモノの正体を見極めんとしたのだ。かくしてそれは、獣の耳だった。狼のような、黒い耳だった。そして少女の人間の耳があった場所には、何もなくなっていたのだ。

「う、ううぅ、ううう⁉」

耳を千切ろうと引っ張る。皮と軟骨が引っ張られる痛みが走る。よく見たら、爪も厚く鋭く獣のようになっていた。

その時である。

「なあ、おい、おまえそれ——なんだ？」

背後から話しかけられた。ビクッと肩を跳ねさせ、少女が振り返れば、『家族』の一人が青ざめた顔をしている。震える指先が少女を示す。黒い獣の耳。黒い獣の尾。鋭い牙、尖った爪、闇の中でギラギラ光る鮮血のような瞳。――明らかなる異形に、少女の『家族』は悲鳴を上げた。

「化け物がいる！　人狼だ！『月に憑かれた』んだ！」

――人狼。

後天的に人間が狂暴な魔物へと成り果てる、現代においては原因不明の呪い。

原因が分からないから、『月に憑かれた』としか形容されていない。

人狼は人を食うという。

人狼は血と肉を好むという。

人狼は執念深く残忍で、暴力にこそ愉悦するという。

ゆえに。人狼は、人間の町に存在してはならない。

人間にとって、人狼とは恐るべき悪である。

悲鳴に他の『家族』が跳び起きる。そうして目にする、月に照らされた人狼の姿に、更に叫ぶ。阿鼻叫喚、混乱、狂乱。「人狼だ！」「人狼が出た！」「殺される！」。

「え……なに、どういうこと……」

事態を飲みこめていないのは、人狼と化した少女ただひとり。狂騒の中、立ち尽くす。

「なんで……逃げるの？　まって、人狼？　つきにつかれたって、なに？　まって、まって、」

少女は逃げる子供達を恐怖のままに追った。だって彼らは家族だ。家族が家族を見捨てるなんてありえない。だからきっと、近くに魔物がいて、皆はそれから逃げているんだ——少女はそう思った。だから一緒に逃げないと、そんなふうに考えた。

けれど。

「こっちに来るな、化け物！　死ね！」

「魔物だ！　魔物だ！　魔物だ！」

恐怖の顔。狂乱の罵声。叫び声と共に石が投げられ、少女が防御に構えた前腕にぶつかった。鈍い痛み。少女は怯《ひる》む。

「いたっ、い、いたい、なんで、やめて」

一つ目の石が、次の石の呼び水となった。『家族』が石を投げる。立ち止まらざるを得なくなった少女は、後ずさる。

……その横合いから襲いかかったのは、棒を振り上げたリーダーの少年だった。

少女の視界が雷に打たれたようになる。

気が付けば冷たい石畳に倒れていた。石が降る。棒が降る。踏みつけられる。蹴り飛ばされる。痛い。痛い。痛い。痛い。どうして。激痛の間隙に見えるのは、昼間に遊んだ『家族』、一緒にごはんを食べた『家族』、撫でてくれた『家族』、笑い合った『家族』――。

「やめて……あたし……『家族』……」

そんな声も、痛みと罵声に塗り潰されて、途絶える。

「やった……魔物をやっつけた！」

子供達は盛り上がっていた。恐怖から一転、正義と達成のカタルシスに酔った。鬨《とき》の声の後、うつ伏せに倒れて流血して動かない『人狼』を見下ろす。

「こいつが人狼になるなんて」

「誰も噛まれなかった？　噛まれた人間も人狼になるって聞いた」

「魔物、怖い……」

「死んだのか？」

「いや、まだ生きてる」

「……どうする？」

子供らの視線は、自ずとリーダーに集まった。

『家族』のリーダーである少年は、棒を肩に担いだまま、こう言った。

「人狼を捕まえたと差し出せば、報酬金をもらえるかもしれない！」

子供達の命は軽い。今日笑い合った子が、次の日には冷たくなっていることなんてザラにある。だからひとりひとりに命懸けの慈悲を注ぐことは無意味であると、子供達は無自覚的に認識している。なにせ自分が一番かわいい。自分のことで精いっぱい。自分第一でないと生き残れない。――倫理にも教養にも乏しい浮浪児らの繋がりとは、所詮はそんなものであった。

●

――悪いことをした記憶はない。

冷たく暗い独房、鎖で雁字搦《がんじがら》めにされて転がされ、鉄の棒を噛まされた人狼の少女は、曖昧な意識のまま、ボサボサの前髪越しに石床を見つめていた。

ここがどこだか、教養のない少女でも推し量ることができる。管理局だ。昨日の少女がそうしたように、『家族』がここに連れてきたのだろう。

鉄格子のはめられた小さな窓から射し込むボンヤリとした光で、今が日が出たばかりの朝らしいことを感じ取った――同時に、「とてもよく聞こえる」「とてもよくにおいが分かる」ことに気付いた。人狼になったことで、狼の聴覚と嗅覚を手に入れていたのだ。

近くの独房の囚人の呻き、鳥のさえずり、人々の足音、生活音、野犬の吼《ほ》え声、荷馬車の車輪、管理局の衛兵のボヤキ、城塞を吹き抜けていく風の音、風に揺れる雑草の葉擦れ、――もっと聞こうと意識を研《と》ぎ澄ませるほど、音の世界が広がっていく。

次は嗅覚に意識を集中させてみた。床に染み付いた血や汚物のにおい、自分からにおい立つ饐《す》えた垢のにおい、拘束具の鉄のにおい、そこに染み込んだたくさんの人間のにおい、風が運んでくる市場の、食べ物や人間をたくさん混ぜた一言で説明できないにおい……。

（くさい。あんまり、いいにおいじゃ、ない……）

ぼうっとしている。現実感がない。昨夜のこと――体の『異変』、豹変した家族達。あれは全部、悪い夢だったんだろうか？　あれが夢だったとしたら、今の自分の状況は一体？　それとも今も夢を見ているんだろうか？

……『直視』をしたくなくて。無意識的に自我を護るように、少女は再び目を閉じようとして――近付いてくる敵意に満ちた足音に、恐怖のまま目を見開いた。

●

鎖で封じられたまま、引きずられていく。

目玉ぐらいしか動かせない少女は、震えたままキョロキョロと見回していた。引きずり出されていく先は、管理局傍の広場。斬首の為の舞台があり、その周りには人々が集《つど》っていた。

わらわらとした群衆は、恐ろしい怪物を一目見ようと背伸びして、視界に耳と尾を生やした少女を収めるや否や、ワッと沸き立った。その喚声は怒りと軽蔑、そして正義。

「人狼だ！」「怪物め！」「死ね！」「汚らわしい！」

日々の鬱屈の膿《うみ》をここぞと出すかのように罵《ののし》って、石や汚物を少女に投げる。今や少女は全てにおいて悪であり、公衆のサンドバッグであった。

少女には、悪いことをした記憶はない。

立つことすらできない少女は引きずられながら、石が当たった額から涙のように流血し、物思う。

悪いことなんてしていない。汚い路地を這うように生きてきた、少女にとっては『普通に』生きてきただけ、なのにどうして、こうも悪者扱いされねばならないのか。まるで生まれてきたことが、生きていることが、息をしていることが、存在そのものが罪であるかのように。訳が分からない。誰か説明して欲しい。いきなり、昨日と今日が病気にでもなったかのように豹変するなんて。何もしていない、悪いことはしていない、ただただ分からなくて、そして、悲しくて、苦しくて、腹が立って——世界全てから拒絶されたような、「自分はここにいてはいけないのだ」という強烈な虚無感が、胸の中でひたすら渦巻く。

噛まされた鉄の棒に牙を立てながら、少女は唸り、呻く。それは人々には恐ろしい獣の所業に見え、彼らはますます少女を蔑《さげす》み攻撃した。少女を引きずる衛兵も、その薄い腹を蹴り飛ばして黙らせた。

かくして少女は跪《ひざまず》かされる。傍には処刑剣を持った黒い頭巾の執行人が立っている。

少女の為に行われる祈りの言葉はなかった。民衆からの罵詈雑言が代わりだった。

膝立ちのまま、少女は世界を見渡した――曇天、騒音、探したけれど『家族』はいない、世界に味方はいない。ここにいることよりも、いないことを望まれている。

全てが虚しく、悲しかった。

切っ先のない剣が、少女の細すぎる首へと振り上げられる――。

「その者はどのような罪を犯したのです」

剣の動きを遮ったのは、蛮声の中でも不思議と響く荘厳な声だった。

誰もが声へと振り返る。いつの間にか、民衆らの最前列、この曇天よりも清らかに白い鎧を纏った偉丈夫が立っていた。兜で表情は窺えない。その清廉な佇まい、神聖さを感じさせる意匠の鎧は、彼がただならぬ存在であることを示していた。この町では見かけない人物だ、流浪《るろう》の者だろうか。

どこぞのお役人か、魔物狩りであろうか――一抹の緊張と共に、上げたまま居場所を失った剣を一度下ろした執行人は、男へと向き直る。

「この者は……ご覧ください、このケダモノの耳と尾を。これは『月に憑かれた』魔物、人狼です。このままでは我々が食い殺されてしまいます。魔物は殺さねば……」

「その者は民を食い殺《あや》めたのでしょうか？」

「それは――ええと――そのような報告は、まだ」

「では、その者は人狼であるというだけで罪に問われている、と？」

鎧男の言葉に、食ってかかったのは周囲の民衆――興奮状態にある――だった。

「その子供は呪われています！　人狼という悪の首を刎ねることでのみ浄化されるのです！」「そうだそうだ！」「悪と穢《けが》れは雪《そそ》がなければ！」「魔物は殺せ！」「俺達の安全の為だ！」「人狼の首を刎ねろ！」「殺せ！　殺せ！　殺せ！」「邪魔しないでちょうだい！」「人狼の穢れを血で清めろ！」

一斉にまくしたてられても、男は静かにそこにいた。民衆の言葉ひとつひとつを傾聴しているかのようだった。やがて男はこう言った。

「ならば彼女の罪を、この私が背負いましょう。私が代わりに首を刎ねられましょう」

その言葉に人々はたじろいだ。だがそれも一瞬――人狼という悪の肩を持つこの男もまた、人々から見れば悪に映った。次第に、人々は自分達の『儀式』を妨害するこの男が憎たらしくなってきた。

「――殺せ！」

誰かが叫んだ。男を指さしながら。

その声は連なり、広場を満たす波濤《はとう》となる。

しかし鎧の男は不動のまま。まるで厳粛な儀式でも執《と》り行うかのように――迷いなく、一歩、処刑台へと片脚をかけ、一息に上った。凪にはためく白銀の外套に、全ての衆生《しゅじょう》の目が集まる。地上の星のようである。誰もが束の間、言葉を失い、世界がしんと凪《な》いだ。彼の動作に緊張はなく、卑屈もなく、傲慢もなく。ただそこにいる、されど圧倒的な存在感。どう考えても頓痴気《とんちき》で酔狂のはずなのに、茶化しや揶揄《やゆ》が憚《はばか》られるような空気がそこにはあった。

そんな中で――やはり迷うことなく――彼は執行人の前で跪いた。ゆっくりとした動作ではなかったのに、一秒一秒が観衆らの網膜に焼き付いた。

こうべを垂れれば、兜と鎧の暗い隙間が晒される。まるで躊躇のない行動だ。一種の神々しさすらも内包していた。跪いているというのに、むしろ気高さすらそこにある。一枚の絵画、ひとつの彫刻芸術のようですらあった。

――傍らにいる狼少女は、ただただ呆然と事の成り行きを見守っていた。「助かるかもしれない」なんて希望はないが、「この男は狂っている」という驚きだけがそこにあった。他の者と同様に、ただたじろぐばかりだった。「そんなことをしたら本当に死ぬぞ」と声をかける余裕すら、少女にはなかった。

一方で処刑人は、自分の仕事を意味不明の狂人に邪魔されたことが癪《しゃく》に障《さわ》ったようだ。正義の執行たる処刑の妨害は、死刑囚の罪と同じほどの罪である。そんなに死にたいのなら、と処刑人は切っ先のない剣を一瞬で振り上げた。

なんでそんな、馬鹿なことを――狼少女は目を見開く。人々は息を呑んだ。曇天を衝くような鈍い刀身。それが――刹那のことなのにスローモーションに見える――振り下ろされていく――微動だにせぬ鎧男のこうべへと――そして完全に、振り下ろされた。

人々の視点は次いで、首という支えを失い宙を舞った兜の頭に集まった。今に地面に無様に落ちて、転がってしまうことだろう。そうすればきっと人々が殺到して、我先にと兜をひっぺがして、その『御尊顔』を天に掲げることだろう。まさに『鬼の首を取ったかのよう』に。

だが、男の頭部が地面にぶつかることはなかった。首のない身体が腕を伸ばし、自らの頭を受け止めていたからだ。

ありえざる、光景である。

首をもがれて生きている生き物がいようか。ましてや、取れた首がくっつく人間がいようか。

だというのに。人々の目の前、人々が驚きに息をする間もなく、首のない鎧の身体は立ち上がり、両手で自らの頭を胴体へと持っていき――まるで兜でも被るように、『接着』する。

「やはり死ねませんねぇ……」

微かな独り言。そうして何事もなかったかのように。あるいは、言葉を失った人々の沈黙を肯定と解釈するかのように。男は流れるように、跪かされていた狼少女を抱き上げげて、『魔法のように』一瞬で鎖と猿轡《さるぐつわ》を外して、カランと捨てて。

「これにて彼女の罪は雪がれました。皆様に御光の祝福がありますよう」

踵を返せば外套が翻《ひるがえ》る。鎧の冷たい腕の中、狼少女はただただ困惑していた。今、何が起きたのか？　首を刎ねられてもなぜ死ななかった？　どうやって拘束を一瞬で外した？　どうして自分は――殺されずに済んだのか？

「失礼」

進む男を阻める者は誰もいない。奇跡としか形容のできない光景に威圧され、我を失い、思わず道を譲り、後ずさる。そうして人の海が割れてできた道を、鎧の男は歩いていく。その背中の——外套に印された光り輝く花の紋章に、人々は凍り付いていた。

「あれって……もしかして、神聖帝国？」

「なんだそれは？」

「花の紋章をつけた恐ろしいカルト集団がいたって、昔話で……」

「それって、おとぎ話じゃ……」

狼少女の獣の耳には、人々のそんな声が届いていた。意味はほとんど理解できないが、なんとなく、彼は自分と同じで化け物なのだと理解した。そう思うと少しだけ安心して——少女の意識は、プツリと途絶えた。

●

ふっと——狼少女が目覚めれば、暗く冷たい天井が見えた。
夢を見ていたんだろうか。どこからどこまでが夢だった？　ぼうっと、瞬きを繰り返す。そうして気付くのは、身体の痛みが一切ないことだった。血を流していたはずの額に触れる。本当なら湿った傷口が開いていたはずなのに、そこはつるりと何もなかった。

やはり、何もかも夢だったんだろうか。嫌な夢だったんだろうか。そう思って頭に手をやると、ふわふわした三角耳があって――狼少女の意識は急速に現実に引き戻される。

「ッ！」

跳び起きた。身体にかけられていた毛布が落ちる。見回せば、ここはどこぞの廃屋の中のようだった。そしていいにおいがする――小さな焚火と小さな鍋で、何か料理を作っているあの鎧男の姿があった。

「うっ、ぐ、ぐ」

混乱で狼少女はマトモな人間語を発せられず、狼のように唸ってしまった。

「おはよう。痛いところはありませんか？」

男の声は静かで、穏やかで、断頭台で聞いた時と同じ声音だった。狼少女は内に巻いた尾の毛を逆立てて警戒しつつ、男を隅から隅まで観察する。鎧を纏ってはいるが武装していない。野営用の折り畳み椅子に腰かけ、呑気に鍋を混ぜている。――その鍋から立ち昇る香りの、なんと胃袋を刺激すること。少女は涎《よだれ》を飲み下すと、首を横に振った。

「ケガ、消えた……どうやって」

怪我をしたら、治るまでしばらくの時間がかかることを狼少女は知っていた。

「魔法を使用しました」

「マホウ、」

少女は目を見開く。

「ウソだ、『マホウ』はもうないってみんな言ってる。昔の戦争でなくなったって」

「そうですね」

「『マホウ』使いは……『イタン』だから悪いことだって。戦争、で、世界をメチャクチャにしたから、悪いんだって。在っちゃいけないものだ、って……大人達、言ってたもん」

「そうですか」

まるで気にしていない様子で、男は傍らの小さな鞄から椀を取り出すと、鍋の中身をおたまでよそった。スープのようだった。

「食べなさい」

「え」

「お金を取ったりしませんよ。毒も入っていません。きみが何かアレルギーを持っているなら話は別ですが」

差し出されたそれを、狼少女は凝視する。黄金色の温かい液体に、刻まれた芋と何かの茎や葉っぱ、肉が入っている。おなかがぎゅううと鳴った。まともな食事なんて、最後にしたのはいつだった？　無意識的に顔を寄せて、少女はフスフスと香りを確かめていた。「おいしそう」——食欲が脳を支配する。

少女は椀を奪い取るように持つと、勢いよく椀に口をつけてスープを飲もうとした、が。

「ぎゃん！」

熱かった。獣のような悲鳴を上げて顔を離す。男が兜の中で苦笑する。

「匙《さじ》を使いなさい。舌を火傷するから、少しずつよく噛んで食べなさい。奪ったりしませんよ、おかわりもありますす」

差し出されるスプーン。狼少女は銀のそれを一瞥すると、警戒のまま受け取り、部屋の隅へ逃げるように座り込むと、ふうふう冷ましながらスープにありつきはじめた。所作もマナーも何もない、焦る野良犬のような食らい方が、彼女の生い立ちを如実に物語っていた。

（うまい……うまい、うまい！）

干し肉の塩っけと青菜の出汁が味わい深い、シンプルながらもガツガツかきこむにはちょうどいい。ほくほくのイモが空きっ腹に染みる。……その辺の雑草と捕まえた虫を適当に放り込んで煮ただけのモノとは天と地の差だ。「これが『料理』なのか」、と狼少女は思い知る。味がある。うまみがある。おなかがあったかくなる。飲み込むのがもったいなくて、スープを吸った肉を延々と咀嚼《そしゃく》する。こんなにうまいものを食べたのは、生まれて初めてのことだった。我を忘れて夢中になってがっついた。心まで解きほぐすような、温かさだった。

対し、男は静かに見守っている。そうして少女が一杯目を食べ終わった頃合いに、

「シエンといいます」

鎧の男、シエンはそう名乗った。狼少女が顔を上げる。少女の警戒は少し緩んでおり、敵意は一先《ひとま》ずのところにない。シエンは白銀のガントレットに覆われた手を、自らの胸に置いた。

「私の名前です。きみの名前は？」

「……ない……」

「ナイ？」

「そうじゃなくて、名前がこの世に、『ない』」

だって、これまでの生活において、名前なんて必要なかったから。少女の言葉に「そうですか」とシエンは頷いて、そして、こう続けた。

「では、ノゾミと呼びましょう」

「……え？」

狼少女はポカンとした。想定外すぎる言葉だったからだ。

「きみの名前です。故郷の言葉で『希望』という意味があります。どうでしょうか」

「……ノゾミ……」

口にすると、胸の中にストンと落ち着いた。ずっと「おい」とか「ねえ」とか浮浪児達の間では呼び合っていたから、自分だけの固有名詞はなんだか不思議な感じだった。

同時に――自分に名前がついた途端、狼少女は急に足元の地面が固くなったような、揺れていた橋が止まったような、荒波から救い出されたような、長い眠りから覚めたような、そんな心地がしたのだ。でも、それをどう表現したらいいのか分からなくて。

「いいよ、別に……ノゾミで」

ぼそぼそとそう答えるので精いっぱいだった。その瞬間、狼少女はノゾミとなった。

ノゾミはなんだか、兜の奥で男が微笑んでくれたような気がした。自分の顔が熱く感じるのは、熱いスープを飲んだからだろうか？

「ねえ……おかわりあるって言ったよね？」

そっぽを向きながら、空っぽの椀を差し出す。

「いいですよ、たくさん食べてください」

大きな手がその願いに答えた。椀がまた、めいっぱい満たされる。

ノゾミは両手で、そのぬくもりを持つ。冷えた指先を温めるように。

「あと、あと……あのさ、あのさ……」

ほこほこ、いい香りの湯気を顔に浴びながら。ノゾミは上目にシエンを見る。

「……ありがと、シエン」

他人から痛めつけられ裏切られた少女にとって、男は五体投地に信用できるとはまだ言えないけれど。それでも、ここでお礼を言わないのは自分が利益だけを吸い漁る嫌な奴に感じた。何も対価を払えないからこそ、精いっぱいの気持ちだった。

シエンは少し驚いたようだった。しかし優しく柔らかく、こう返した。

「どういたしまして、ノゾミ」

その言葉を聞き届け、ノゾミは再びスープをがつがつと食らい始めた。カチャカチャと食器の音を立て、はふはふと荒々しい。

しかし先程と違うのは――

「んぐ、んぐ、ぐっ、ぐっ、ぐ」

咀嚼の中に嗚咽が交じり始めたこと。

おなかが満ちていくほどに、ノゾミは今更になって、死の恐怖が体に押し寄せてきたのだ。リラックスが現実感を連れてきたとも言う。怖かった。怖かった。痛かった。苦しかった。不安で、孤独で、悲しくて、怖かった。今になって体が震える。涙がポロポロこぼれてくる。明日からどうしていこうという展望なんて何もないのに、今は生きていることへの安堵でいっぱいいっぱいだった。

「……大丈夫ですよ。大丈夫。少なくともここは、安全です」

「うう〜〜〜〜〜〜〜っ！」

メチャクチャの情緒をどう表出したらいいのか分からなくて、少女はひたすら唸りながら、泣きながら、温かい食事を食べ続けた――。

●

鍋が空になり、ノゾミのおなかがすっかり満ちた。満腹になれば少しだけ心も落ち着いて、涙も止まってくれた。部屋の隅にいた少女だけれど、今は火のそばで毛布にくるまり、じっと座り込んでいる。シエンは静かに火を見つめている。

ぱち、ぱち。焚き火の爆《は》ぜる音、光の揺らめき。外は暗い。夕方は過ぎきったらしい。

「……マホウ使えるの本当？」

ふと、ノゾミはそう尋ねた。満腹のおかげで少し頭が落ち着いて、先程のやりとりを冷静に思い出していた。シエンは言葉の前に、傍らの鞄――さっき椀と匙を出したもの――を探った。ほどなく、取り出したのは水の入った小瓶。

「水が尽きない魔法が施された小瓶です」

言葉終わりに蓋を開ける。嘘つけとノゾミが胡散臭《うさんくさ》げに見守る中、鞄の中からスポンジが、小瓶の口から水が——ひとりでに浮かび上がり、誰にも触れられることなく、鍋と食器を洗っていくではないか。

「え。……え⁉」

ノゾミは前のめりになる。何か糸で、チープな手品でもしているのかと空間をまさぐるが、残念ながら何にも触れられず——その間にも食器とスポンジは空中でくるくる踊る。濡れたそれらがきらきら光る。洗い終われば風が吹いて水気を完全に吹き飛ばした。そうして瞬きも忘れている間に、道具達は件《くだん》の鞄へ、やはりひとりでに消えていった。

「え……鞄、あれ⁉」

そこで気付くのは、鞄が鞄というよりポーチと呼んだ方がいい大きさであることだ。腰のベルトに装着するものだろうが、鍋やらが入ったのに膨らんだ様子が見られないのである。

「中身の時空を拡張する魔法が施されています」

疑問を見透かすようにシエンが答え、ぽっかり真っ暗な中身を湛える鞄を閉じた。

「……本当にマホウ使いだ……あたしの手錠外したのもマホウ？」

「おや、気付いていましたか。その通りですよ」

「ほあ……」

ノゾミは呆然としている。本物を見るのは初めてだった。魔法はノゾミ達にとって異端であり、世界をメチャクチャにした諸悪の根元であり、あってはならない恐怖であり、今は根絶に成功したはずの禁忌であった。

「ま……！　マホウ使うの、悪いことなんだぞ！　殺されるんだぞ！」

ノゾミは声を震わせ、弾かれたようにシエンを見上げた。

「お皿を洗ったことは邪悪ですか？」

「がっ……ぐっ……」

何も言い返せない。結局うまい返しはできず、ノゾミはガシガシ頭を掻いた。大きな溜め息。

「マホウ使いのメシ食っちゃったぞ……殺される……」

「奇妙なことです。ただ食事をしたことが罪になるなど」

「それは……、あたしもそー思う……」

「魔法使いは怖いですか？」

「わからん……でもシエンは、あんまり怖くない、かも。メシくれたし、ケガ治してくれたし」

そろりとノゾミは上目に見る。

「あんたこそ、あたしが怖くないの？　人狼だぞ」

「いいえ」

「……噛みついたりするかもなんだぞ？」

「そんなことをしたら、あなたの歯が欠けますよ」

重厚な鎧を纏う男が含み笑った。確かに、この鎧に噛み付いたら痛い目に遭うのは間違いなくノゾミだろう。恐れられたいワケではないが、こうも恐れられすぎないのも、ノゾミはしっくりこなかった。黒い尻尾がパタ、パタ、と不服げに揺れる。

「……どうして、いろいろしてくれた？」

処刑からの救出、治療、食事、名前――シエンは施してばかりだ。ノゾミには払える金もない、体目的にしてもこんな化け物を抱きたいだろうかと訝《いぶか》しむ。「女の子がかわいそうだから助けた」という浅はかなヒロイックでもないように感じる、シエンは思慮深い人物に見えた。シエンが見返りを求めていないことが明白だからこそ、打算しか知らない少女には不可解なのだ。

「御光の導《みちびき》に沿ったまでです」

当然の常識を語るように、男は答えた。

「ごこう……なに？」

聞き慣れない単語にノゾミは首を傾げる。すると男は朗々と語り始めた。

「我々は光を尊びます。昼は太陽となって、夜は月と星となって、空がなくとも火となって、あるいは雨天を切り裂く稲光となって、我々を照らし導く輝きとして、常に我らと共に在られる尊い存在であるがゆえです。光は万物に平等です。よって御光のもと、勘違いや偏見で不平等が起きてはならないのです。御光は、人を平等に照らされるのです。照らされざる隣人がいれば、我々は喜んで光を分け与えねばなりません」

シエンの言葉を、ノゾミはほとんど理解できなかった。首を傾げたままでいると、シエンはこのように一言でまとめた。

「冤罪は見逃せません。そして、傷ついて空腹の者が目の前におり、その者を癒し満たす術が手元にあるのならば、行使しない道はありません。太陽がその身を燃やして世界を照らしているように」

「ふーん……」

分かったような、よく分からなかったような。ノゾミは揺れる火を見つめる。

「……あたしはこれからどうなる？」

「それはきみ自身が決めることです。きみはどうしたいですか？」

「わからない……しらない……」

小声だった。嘘を吐いた。本当は、今までみたいに暮らせたら、それでよかった。

浮浪児達と家族ごっこをして、世界や大人に文句を言いながら汚い路地裏で身を寄せ合って、みすぼらしいものを口にして。でも、もうそれはできない。『家族』のもとへは、帰れない。じゃあどうしたらいいのか、なんて、今のノゾミには思いつかなかった。「もうどうにもならない」という諦念が、考えることを陰らせていた。

もしかしたら、あの場で処刑されていた方が、悩んだり苦しんだりしなくて済んだのかもしれない。でも処刑されなかったからこそ、こんなにもおいしい食事を口にできたわけで――死にそうな目に遭うのはすごく怖かったし、痛いのは嫌だし――複雑な心境を言語化できるほどの教養は、少女にはなかった。文字の読み書きすらできないのだから。

考えていると悲しくなってくる気がして、ノゾミは毛布にくるまったまま、ころんと横になった。泣きそうになるのを、目を固く瞑《つむ》って我慢する。もしかしたらシエンは少女を騙していて、油断したところで何かしてくるかもしれないが、ノゾミにはもう何でもよかった。いっそ寝ている間に殺してくれたら、それはそれで、楽になれるのかもしれない――そう思いながら、ぎゅっと身体を丸くする。

「……寝る」

「そうですか、おやすみなさい。きみの眠りを、星月の御光が護りますよう……」

低く、穏やかで、優しい声が暗闇の中で聞こえた。ノゾミはそれに、毛布の隙間から出た尻尾をパタンと揺らして答えた。

——眠ったようだ。シエンは少女を見下ろしている。

全く、この世界は病んでいる。ずっと昔から。誰かを悪と指ささねば、自分達の正義を証明できない。人々は自分達が正義であることに病的に縋《すが》り、他者の曇りを一点も許さず、見つけた暁にはそれを罪だと石を投げる。あるいは——自分が悪だと思われないように、必死に。

少女が眠り、会話がなくなれば、世界はとても静かだった。魔法で起こされた火の爆ぜる音だけ。ここは町の外れ、なかば瓦礫《がれき》と化した廃墟の中の一つだった。人が住んでいるのは、廃墟の中でも比較的形が残っている『マシ』な場所をどうにか整えたような区画だった。

硝子の消えた窓枠からは曇天の夜。黒い瓦礫のシルエット。この世界ではよくある光景。この世界のほとんどは廃墟であり、残りは自然に飲み込まれ、わずかな人類生存圏があるのみだ。

ひうるるる——寂しい風が、誰も住まなくなった場所を吹き抜けていく。シエンはその音に耳を傾ける。孤独な風に寄り添うように。

かつて魔法があった頃。きっとここには数多の人間がいた。栄華を極め、文明を謳歌し、何の憂いもなく、豊かに暮らしていた――。

シエンは顔を上げる。彼方より、生きた人間の喧噪が聞こえてきた。


処刑が思わぬ形で終わりを告げた後――。

広場に取り残された者らは混乱していた。今、目の前で起きたことがなんなのか、飲み込めないままでいた。首を刎ねられたけれど死ななかった男――処刑されなかった人狼――振り上げた拳の行方が分からず、カタルシスはなく、人々はただどよめいていた。消化不良の正義が残った。「これでいいのか？」――人々は自問する。相手は昔に滅んだはずの、悪名を轟《とどろ》かせた国の兵士。その時代には魔法があり、戦争は魔法で行われ、そして魔法は世界を焼き尽くした。あの兵士も、きっと恐ろしい魔法を扱えるのだろう。

魔法は――悪だ。この世界をめちゃくちゃにした元凶だ。異端だ。赦《ゆる》されてはならない。

人狼を生かしたこともまた――赦されてはならない。

「奴らがこの町を襲ったらどうする？」――湧いた疑念は感染し、加速していく。

「自分達の居場所を護るんだ！」――一度正義に火がつけば、それは飛び火し、燃え上がる。

手に武器を。松明《たいまつ》に火を。人々は練り歩く。探し回る。自分達の正気と正義を保証してくれる、悪という存在を。

そして手がかりを追い、一塊の正義となった彼らは、町はずれの廃墟に『それ』を見つける。

「……っ！」

ノゾミの獣の聴覚が、どろどろと地面を歩く幾つもの足音を捉えた。尾の毛を逆立てて毛布を跳ねのけ、少女は飛び上がる。焚火は消えて空間は暗い、だが獣となった目は闇すら容易《たやす》く見通せた。見やればちょうどシエンも立ち上がったところだった。

「聞こえましたか」

小声で問いかけてくる。ノゾミは不安に目を真ん丸にしながら小さく頷いた。「何が来るのか」、言葉にしなくとも二人には分かっていた。

シエンは少し思案気に間を置くと、少女にこう問いかける。

「私は彼らとできるだけ接触しないようにしつつ、この町から出るつもりです。もし……きみもこの町から出たいのであれば、力添えできますよ」

きみはどうしたいですか？——先程のシエンの問いかけが、ノゾミの脳裏に蘇る。どうやら今、結論を下さねばならないようだ。ここで死ぬか、この先で生きるのか。未来を諦めるのか、それでもと縋りつくのか。

少女は——
小さな手を伸ばして、騎士のマントを強く摑んだ。

「つれてって」

真っ直ぐにシエンを見上げて、告げる。行《い》きたい、と。……変に絆を育めば、裏切られた時の傷が苦しいことを身を以《もっ》て知りながらも、今は、信頼をするしかなかった。

「分かりました」

シエンの声は優しかった。伸ばされる手が、そっとノゾミの頭を撫でた。一瞬、こちらへ来る掌にノゾミは叩かれるのかと耳を伏せ身を竦《すく》ませたが、それらは全て杞憂に終わる。大きくて、包み込むような、優しい掌だった。

「では、しっかりついてきてください。その手を離さないで」

男は建物の裏口から外へ。ノゾミは銀のマントを握り締めてそれに続く。暗くて狭い路地をぐねぐねと、死んだ町の間を縫う——しかし、追手の数は想像以上に多く、更に彼らは手分けをしていたようだ。

「いたぞ！」

建物の上から声。矢を番《つが》えている数人。息継ぎの間もなく放たれる矢——ひょうっと空気を震わせる恐ろしい音——恐怖に染まるノゾミだったが、シエンがその身を呈して矢を防いだ。白銀の鎧に弾かれて、刺さらなかった粗末な矢が地に落ちる。鎧には傷一つない。

「おやめなさい。あなた達の武装では私は殺せない」

「……化け物め！」

次の矢を番えようとするので、シエンは小声でノゾミへ告げた。

「ノゾミ、目を伏せて」

「え」

少女は咄嗟に下を向いて目を閉じる——瞬間、シエンはすいと指先を振るって光の粒を頭上の者らへ放った。流星のように流れ、目の前へ一直線——ぎょっとする彼らの見開かれる目、の、前で、光粒はパッと炸裂し、凄まじい光量で彼らの目を焼いた。

「うわああッ！」

「ひいぃっ！」

ただの目眩《めくら》ましだが、された方は「魔法を使われた」とパニック状態だ。屋根から転げ落ちる。それらを一瞥することなく、シエンはノゾミを促し共に駆け始めた。

「ノゾミ、もう目を開けていいですよ」

「っ……なに、殺したのか⁉」

「殺してはいません。光で目を眩ませただけです」

「……殺さないのか？」

「殺して欲しいんですか？」

「……」

本音を言えば、殺して欲しい。仕返しをしてやりたい。裏切られ石を投げられ罵られ殺されかけて、自分がどれだけ惨めで辛くて苦しくて痛くて悲しかったか、何倍にもして分からせてやりたい。今だってあいつらは殺そうとしてきた。なら、こっちが殺そうとしてもいいはずだ。

なのにどうして――「殺してくれ」と即答できないのか。

(あいつらのこと、あんなに許せないのに、許せないのに)

そうして分かった。シエンに見捨てられたくないからだ。きっとシエンは、殺戮を望んでいない。望んでいるのなら、さっきの矢を持った連中はとうに屍《しかばね》になっていただろうから。そんなシエンに対し、あいつらを殺せ殺せと叫んだら、きっと嫌われる。

――もう、誰かから見捨てられたくない。

「シエンがしたくないみたいだから、しなくていい」

牙を剝いて唸るような声だった。許せない気持ちと憎しみのまま、彼のマントに鉤爪を食いこませながら。

「そうですか」

彼の声はいつもの、穏やかで理知的な音色だった。

かくして――路地を抜ける。開けた場所に出る。

そこには民らが待ち受けていた。シエンとノゾミを火刑に処さんと、目を炯々《けいけい》とさせていた。だがその『義憤』の中に確かにあるのは、恐怖である。魔法使いへの、人狼への。

シエンは立ち止まり、背にノゾミを護りつつ、彼らを真っ直ぐに見た。

「危害を加えるつもりはありません。そこを通してください。私達はこのまま町から出ていきます。そして二度と訪れません」

シエンが毅然と言う。しかし返答は口々の、「化け物め」「処刑しろ」「邪悪め」「赦さない」「俺達の町を護るんだ」という言葉の連なりだった。誰もが断罪に飢えていた。

「そうですか」

先程ノゾミに返した言葉と同じ文言、しかし、今度は鋼鉄のようだった。

シエンがノゾミの手を引いた。抱き上げて、抱え込む。

「なッ、なに、」

「じっとしていなさい」

諭《さと》す声に、何か理由があるのだと、ノゾミは抱きかかえられることに了承せざるを得なかった。今からどうなってしまうのか、不安そうに少女は見上げる。兜の隙間から顔は見えない。真っ暗闇がそこにあった。

「ノゾミ、目を閉じていなさい」

「……また目眩まし？」

「いいえ。でも、きみには恐ろしいでしょうから。……できますね？」

そう言われ――ノゾミはぎゅっと目を閉じて、顔も両手で覆ってしまった。それを見届けてから、シエンは民らへ顔を向ける。

「それでは今から押し通ります。よしなに」

そう言って。シエンは何の躊躇もなく、ずんずんと、前進を始めた。魔法も何も使わない。使っていない。抜刀も何もしていない。暴力を振るいたければ振るうがいいと言わんばかり。

民らはどよめく。だがそれも一瞬――「逃がすな」「殺せ」と襲いかかった。四方八方から伸びてくる手は、暴力は、シエンの歩みを止めようとするが、彼は傷つかないしよろめきもしない、それどころか歩みが遅くなることすらない。しがみついても、のしかかっても、足に縋っても、男はそのまま歩いていく。

ならばとその腕の中にいる人狼を人々は狙うが――不思議な光に阻まれて、民らが触れることは叶わなかった。シエンはノゾミだけを光の膜で覆っていたのだ。

「魔法を使ってすらいない自分を止められないのなら諦めろ」、それが自分に魔法を使っていないシエンからの、何よりも雄弁なメッセージ。目の前に集団で八重垣と立ち塞がっても、騎士の大きな体が関係なしに前進し、押しやられていく。

ぎゃあぎゃあと、怒り狂ったカラスのように、がなり立てる声が轟く。ネバーモアと叫んでいる。目を覆っていたノゾミの手はいつしか耳を覆っていた。恐ろしい。目を開けたらどんな地獄の光景が広がっているのか。怖い。あれに捕まると殺される。酷いことをされる。痛いことをされる。怖いことをされる。殺される。怖い。怖い。怖い。

――そんなノゾミを慰めるように、シエンの腕は優しい。震える小さな人狼を抱き締めて、彼は、喧噪の中で言葉を紡いでいた。

「御光よ我らを導きたまえ。我らの闇を照らしたまえ。なぜ斯様《かよう》に悲しみが満ちているのでしょうか。御光よ我らを導きたまえ。我らを救いたまえ。どうか我らを等しく救いたまえ。御光よ我らを導きたまえ」

聞こえてくるそれは祈りだった。繰り返される祈りだった。なぜこんなにも苦しいのか。こんな目に遭って、それでもどうして生きねばならないのか。この苦しさに、生きる道に、どうか理由という神話を与えてください。――そんなふうに、ノゾミには感じられた。

ノイズを意識から追い出す為に、ノゾミはシエンの祈りに集中する。神も何も信じてはいない、何かを信じれば裏切られた時に耐えがたい傷となる、正直者は馬鹿を見る、そうは思っていても、今は、この祈りに縋ることが、少しでも苦痛を和《やわ》らげる為の手段だった。

●

どれだけの――時間が経っただろうか。

ふと気付けば、辺りが静かなことにノゾミは気付いた。風の音が聞こえてくる。

「シエン……もう目ぇ開けていい？」

「いいですよ」

彼の声が聞こえたので、ノゾミはそうっと目を開けて、耳を塞ぐ震える手を退けた

――

——大きな月と、千々の雲の間隙に煌めく、綺羅星の夜空。

目を満たしたのは。

いつも狭苦しい路地裏にいたノゾミにとって、生まれて初めての、建物に遮られない夜空だった。空がこんなにも広いことを、少女は生まれて初めて思い知った。

「きれ……い」

呆然と。シエンが地面に下ろしてくれるので、彼の隣で、少女は世界を見渡した。

ここは小高い丘の上らしい。今まで住んでいた町が、あんなに遠い。あんなに小さい。

あそこが世界の全てだったのに。今、彼女が素足で立つのは草原で、緑は夜風にさわさわ揺らいでは、細い足をくすぐっていく。

地平線があまりに遠くて広くて果てしなくて、眩暈《めまい》がした。広すぎる世界にたじろいで、少女は思わず、隣の騎士のマントを掴む。尻尾も垂れてしまっている。

「う、うぅ、う」

狭い場所が恋しくなって、少女はシエンの身体とマントの間に割り込んだ。マントの方を向いて顔を埋めれば、シエンの武装した両足の間から、黒い尻尾がてろんと出る。

「おやおや」

このままでは歩けない。けれどシエンはノゾミが落ち着くまで、『かくれんぼ』に付き合ってあげることにした。

2：緑が芽吹く灰色の上で

土のにおい。

草のにおい。

ノゾミにとって、空気は「臭う」存在だった。そこらの不法投棄。そこらの未処理のゴミ。淀んだドブ。蛆《うじ》が湧いた動物の死体。排泄物。酔った人間の吐瀉物《としゃぶつ》。垢まみれの子供達。そんなものが、かつてノゾミのいた場所には満ちていた。

今、少女は素足のまま、風の吹くまま、草原を駆けている。手を広げて、空気を浴びて、揺れる草原の波の一つとなる。ぼろきれのくすんだワンピースが、獣の尾が、ばさばさの黒髪が、ふわふわ波打つ。日陰暮らしの白い脚が、朝露を浴びた緑にきらきら輝いていた。

町では、子供や女は搾取される存在だった。できるだけ大人の目につかないようにこそこそ暮らして生きてきた。だからこうして、思いっきり、走り回れるのがノゾミには嬉しい――嬉しい！「嬉しい」が次から次へと胸へ込み上げ、どうしようもない衝動になって、少女の喉から声となって迸《ほとばし》る。

「わおおぉおおおーーーーっ！」

狼というより犬の遠吠えのよう。こんな大声を出したのは赤ん坊の頃以来だろう。このどこまでも広がる草原には、ノゾミを「うるさい！」と怒鳴りつける大人はいない。そのまま少女は、「わーーーーッ」と叫びながら独楽《こま》のようにグルグル回ると、地面にごろごろ転がって、伏せて、名前も知らない草や花をじいっと間近で見つめている。

こんなふうに、走ったり止まったり、ノゾミはずっと忙《せわ》しない。ただ、初めての世界に興奮しているのは見るからに明らかなので、シエンは余計な茶々は入れずに微笑ましく見守っている。草むらからひょこんと出た獣の尾がフワフワ揺れているのを見て、兜の中で含み笑った。それから顔を上げる。ここは、少女には「どこまでも広がる緑の草原」に見えるのだろう。

——あちらこちら、ぽつりぽつり、ずんぐりとした大きな草の茂みが点在している。ツタに覆われてしまったそれは、魔力によって駆動する戦車の残骸達である。錆びついて久しく、物言わぬ砲塔を漫然と空へ向け、その先端には小鳥が止まって羽を休めていた。

そこかしこを横切る溝は塹壕だったモノ。この草原の養分となったのは、幾重にも折り重なる死体達。かつてここで、戦いがあった。魔法やそれで動く兵器が飛び交い、更地となり、荒野となり、今は緑となった場所。

そんなこと——ノゾミは知らない。戦車だったモノにひょいとひと跳びで跳び乗ると、開きっぱなしになっているハッチを覗き込んだ。中は真っ黒焦げだった。朽ち切った骸《むくろ》の膝の上に鳥が巣を作っていた。親鳥は卵を護る為に甲高く鳴き、ノゾミの顔面に飛びかかる。

「きゃん！」

ビックリ仰天してひっくり返り、戦車からごろんびたんと落ちるノゾミ。

「ああ……大丈夫ですか？」

シエンが歩み寄り、手を差し伸べてくれる。ノゾミは草原に仰向けのまま、大きな掌を一瞥した。

昨夜のことを思い出す——あの後、町を出てからしばらく歩いた二人は、半壊した瓦礫同然の廃墟で夜を明かした。シエンが渡してくれた携帯食料の堅パンを、ガジガジ噛んで空腹を満たした。悪くないけどあのスープの方がおいしかった。

それから焚火を囲んで、ノゾミはじっとシエンを見ていた。シエンが寝てから寝ようと思っていたのだ。でも沈黙する彼が寝ているのか寝ていないのか分からなかった。

時折、「起きてる？」と声をかけ、「起きていますよ」と返ってきて、「眠くないのか？」

と聞いて、「そうですね」と返ってきた。そんなやりとりを繰り返している間に、ノゾミはいつの間にか眠ってしまっていた。起きたら、昨夜の堅パンの残りをかじった。

そういえば。

ノゾミはふっと、気付く。

そういえば一度も、シエンが食事をしているところを見たことがない。昨日から水一滴、口にしていない。鎧を脱いだところも見ていない。排泄をしに行く姿も同じく。

「ハラ減らんのか？」

手を差し出されているのに自力でぐるんと起き上がり、ノゾミは尋ねた。「はい？」とシエンは一瞬なんのことかと考えてから、「ああ」と合点がいった。

「私は、食事も睡眠も不要な肉体なのですよ」

「なんだそれ。魔物みたいな？」

「うーん……そうかもしれませんし、そうじゃないかもしれません」

「じゃあ、シエンはなぁに？」

幼いながらに、ノゾミはシエンがただの人間じゃないことを感付いている。男は小さく苦笑した。

「私は……、『神聖不滅騎士』のひとりです。魔法によって肉体を改造した『元』人間とでも言いましょうか。私は朽ちず、死ぬことはありません。睡魔も、空腹も、病も、傷も、痛みも、老いも、私を冒すことはできません」

「なにそれ、すごい。あたしもなりたい。いいなぁ」

「その魔法はもう失われてしまいました。その魔法を生んだ国と一緒に」

「シエンにはやりかた分かんない？　魔法でどうにかできない？」

「そうですねえ……ちょっとどうにもできないですね」

「なんだぁ」

口を尖らせ、ノゾミはまた気ままに歩き出し――ふと気付く。

（じゃあ、なんでシエンは食べ物をわざわざ持ってたんだろ？　……あたしの為？　あたしだけの為？）

ノゾミの尻尾が、ぱたんと揺れた。ちらと横顔で振り返り、シエンを見上げる。目が合った。兜が首を傾げた。

「どうしました？　おといれですか？　いいですよ。では後ろを向いていますので遠慮なく存分に」

「ちがっ――ちがう！　おといれちがう！」

「そうですか」

「うー！」

恥ずかしいやらなんやらの気持ちで、ノゾミは牙を剝いた。しかしシエンは動じない。

「私には構いませんが、あんまりひとに『ゔー』をしてはいけませんよ。きみも、目の前の人間が牙を剝いて威嚇をしてきたらギョッとするでしょう？」

「ジ……」

口をへの字に、牙を引っ込める。こうすればいいんだろうこれで満足か、と言わんばかり。するとシエンは優しい声で、

「いいこですね」

「んッ！」

大人から褒められると何とも言えない心地になる。落ち着かないというか、そわそわするというか、慣れないというか。ノゾミは逃げるようにぴゃっと走り出した。

「やれやれ……乙女心は難しいですね」

シエンは独《ひと》り言《ご》ちながら、ゆっくりとその背を追った。

「ねえ——あたし達どこに向かってるの？」

恥じらいを引きずることなく、少ししたらもういつもの調子でノゾミは問いかけていた。相変わらず自由気ままに原っぱを駆けながら。

「シエンのこと、今まで町で見たことなかった。町の外から来たの？　旅してるの？　どっから来たの？」

そういう興味を持ってもらえた程度には心を許してくれたのかな――シエンはそう思いつつ、一つずつに答え始めた。

「はい、私はきみの町の外――神聖帝国から来ました。ずっと旅をしています。今も旅の途中で――きみの町に立ち寄ったのも、旅の道すがらで――次に向かっている先は、もうしばらく歩いたところにある町です」

「そこで何するの？」

「ノゾミ、きみの服や靴を揃えようと思いまして。それから……きみの住む場所も」

「……住む場所？　おうち？」

「はい。私の友達に、きみの保護をお願いしようと思っています。安全なおうちと、温かいごはんと、柔らかいベッドがきみを待っていますよ。もう誰も、きみを殴ったり罵ったりなんかしません」

「ふーん……」

いきなりそう言われても現実感がなくて、飲み込みきれなくて、よく分からなくて、ノゾミは素っ気ない返事しかできなかった。シエンがお人好しなことだけは分かった。町では誰かに何かしてもらうには金や対価が必要だったから、何もしてないのに何かしてもらえるのは不思議な感覚だった。

その感覚はそのままに、ノゾミは話題を変えるように質問を続ける。

「神聖帝国ってどこ？　どんなところ？」

「ずうっと……ずうっとずうっと遠くにありました。今はもう、ありません。昔の戦争で滅んでしまいました。……光に溢れた、美しい場所でした」

「……帰る場所ないの？　家族も？」

歩みを止めて、ノゾミはちらとシエンへ振り返る。兜が緩やかに頷いた。

「そうですね、……故郷や家族と呼べるものは、全てなくなってしまいました」

物言いに悲愴はなかった。悲しくないと言うよりも、悲しさがもう摩滅してしまったような雰囲気だった。

「そっかあ。あたしと一緒だな」

シエンには悪いけれど、ノゾミは『同じ』であることが少し――嬉しかった。世界に自分しかいないような気持ちが、少し和らいだような気がした。だから、先々行かないでシエンが隣に来るまでその場で待ってあげることにした。

「シエンはなんで旅してるの？」

彼が隣まで来たら、またノゾミは軽やかに歩きだす。シエンの数歩圏内をうろちょろしながら問いかける。兜の奥の眼差しが、それを追っている。

「地獄に行く為です」

「じごく？　じごくで何するの？」

「この命を、終わらせるのです」

その言葉に、ノゾミは思わず足を止めた。シエンへと丸い目をして振り返る。

「シエン死にたいのか？　なんで」

「死ねない体なものですから、きちんとした終わりが欲しいのです」

「死ねないのにどうやって死ぬ？」

「地獄は……あの世に直接繋がっているそうですよ」

「……あの世ってどんなとこ？」

「光に溢れた安らぎの地と聖典には記載されていましたね」

「地獄は遠い？」

「ここからはすごくすごく遠いです」

「どれぐらいかかる？」

「どれぐらい……でしょうねえ」

シエンがそんな言葉を呟いている頃、ノゾミはというと、草原を横切る川を覗き込んでいた。辺りには花々が咲き、時折、花弁が清水にさらさら流されていく。三角耳をピンと立て、川の上の石に座り込んで、水の流れを見つめていた。どぶ川ではない川を初めて見た。やがて、そろりそろりと足を水面に伸ばしてみる。ちょんと触れた水は、冷たい。

「ああ、あんまり深い場所や流れの速い場所には近付かないよう――」

言葉終わりには、ダバーンと水飛沫《みずしぶき》。ノゾミは服が濡れるのも厭《いと》わず、透き通った水に飛び込んでいた。

「冷たい！　ふふ！」

浅い場所に座り込んで、バチャバチャと水面を叩いて掻いている。右手、左手、交互に、まるで太鼓でも叩くかのように。

少女の楽しそうな様子にシエンは朗らかな気持ちになった。川辺に近付く――鞄の中を探りながら。

「ノゾミ」

呼べば少女が顔を上げる。そこには、片手に石鹸、片手に手ぬぐいを持った騎士がいる。

「折角《せっかく》ですし、綺麗にしましょうか」

「……なにを？」

「きみを」

うら若き少女に直球で言うのは憚られるが――正直、ノゾミは悪臭を纏っていた。薄汚れ、髪は手入れされないまま久しく、服も染みや汚れだらけ。明らかに浮浪児然としすぎていた。不衛生で、病気の元にもなりかねず、たいへんよろしくなかった。

「……」

ノゾミは「ええー」という顔で言葉を詰まらせて、つまるところ、面倒臭そうにした。思い出すのは彼が皿を洗う姿。あんな風に宙に魔法で浮かされて、くるくるぐるぐるされるのか？　と警戒する。

「マホウで……洗う……？　痛くない？」

「魔法の方がいいですか？　ちょっと丁寧に加減できるか分からないんですが……」

「痛くない方！」

「はい分かりました」

――きらきら光を返す水面を、泡がぷくぷく流れていく。

「ん～～～～……」

川に座り込んだまま、ノゾミは頭をワシワシ洗われている。後ろにはシエンがしゃがみこんでいる。彼のガントレットで武装した指は、ノゾミの髪や頭皮を傷つけることなく、器用に丁寧に洗っていく。黒い髪と白い泡。「いいこでじっとしていたら、おいしいごはんを作ってあげますよ」と言われたので、不本意ながらもじっとしている。食べ盛りだからか、たくさん駆け回ったからか、もうおなかが空いていた。

「ごはんなに？」

「鳥がいましたので、それをさばきましょうか。食べられる野草も幾つか見かけましたし」

「鳥……。あ！　あたしさっき見たよ、巣。卵あった！　食べられる？」

「おお、お手柄ですね。あとで場所を教えてください」

「いいよ！　ふふふ」

「水を流しますよ、目を閉じて耳に蓋して」

「はーい」

言われた通り目蓋を閉じて、手で耳に水が入らないようにする。暗闇の中、冷たい水がじゃぶじゃぶとノゾミの頭にかけられる。泡が流れていく。

それから、石鹸をつけた手ぬぐいが少女の肌を洗っていった。ノゾミは別に裸を見られても恥ずかしくなかった。裸を見せて金をとっていた『家族』のことを思い出し、彼女の笑顔を思い出し、彼女の蔑む顔を思い出し、彼女が投げた石の痛みを思い出し、思い出すことを止めた。目を閉じて世界が暗いと、嫌なことばかりを思い出す……。

「もう目ぇ開けていーい？」

「あれ。さっきからずっと閉じてたんですか？　もういいですよ」

「え？　開けてよかったの？」

目蓋を開ければ眩しい世界。背中をごしごし洗われるのは気持ちいい。尻尾が気付かぬうちにパタパタ揺れていた。

そうして、少女はすっかり綺麗になった。ざんばらだった髪も肩甲骨辺りの程よい長さで切り揃えられた。本来は食用の植物油を少量だけ髪に馴染《なじ》ませて、潤いも得た。

シエンが皿を洗って乾かしたのと同じ魔法で風がノゾミを取り巻いて、瞬く間に髪と体と、洗ってくれた服とを乾かしてくれた。

「……綺麗になった」

ノゾミはツギハギのワンピースを見る。薄汚れた灰色だったのが、明らかにワントーン白くなっている。肌もなんだか綺麗に見えるし、髪はさらさらで指通りがよくなっていた。何より――自分から石鹸のいい香りがする。少女は自分の腕に鼻を埋め、すんすんふんふんと上品で素敵な香りを嗅ぎ続けている。

「これからは定期的に水浴びをしましょうね。難しい場合は濡らした手ぬぐいで髪や体を拭くだけでもいいので」

「洗うの面倒臭そう……」

「衛生的である方が健康にも良いです。それに、綺麗な方がきみは魅力的ですよ」

「みりょくてき……」

思えば異性からの外見的賛辞は初めて贈られた気がする。ノゾミはなんとも形容しがたいムズムズした気持ちになった。ムズムズして、ムズムズしすぎて、どう表現したらいいのか分からなくなって、シエンの背中に飛びつくとシャカシャカ登り、その兜をガジガジ噛み始める。

「うんゔーーー！」

「なん……なんですか……どういう感情表現ですか……」

ノゾミが落ちないように少し前屈みになってあげながら、シエンはじっとしている。

ノゾミはしばらく白銀の兜をガジガジしていたが、ふと、フスフスその兜に鼻を寄せた。

「シエンくさくない」

「そうですか、よかったです」

「シエンも体洗わないの？　鎧ずっと着てる」

「脱げないのですよ。でも代謝が起きないので不衛生ではありません。鎧の表面が汚れたら適宜洗浄しますけどね」

「鎧脱げないの、なんで？」

「……祝福ですよ。あるいは、呪いです」

「マホウの話？」

「そうですね」

「死ねないことと関係あるやつ？」

「……そうですね」

シエンはしゃがんで、ノゾミに降りるよう促した。少女が降りればしゃがんだ体勢のまま、こう続ける。

「兜の隙間を覗いてごらん」

「ん？　んー……」

目をすがめて覗き込む。そこには真っ暗闇が広がっている――普通なら、この明るい真昼間なら目や顔が見えてもおかしくないのに。だからノゾミはますます目を細くして、眉間にしわを寄せて、鼻先が兜にくっつくぐらい顔を寄せた。

「何も見えない……」

「指を入れてみて」

「……」

「噛んだりしませんから」

「ほんとぉ？」

どういうことなのか、どういう意味なのか、訝しむノゾミはそうっと指を挿し込んでみた。

――「ぶよっ」、とした感触。生暖かくて、たとえるなら……捏《こ》ねられた挽肉のような。

「うわ!?」

ぎょっとしてノゾミは跳び退いた。自分の人差し指を凝視して、それからシエンの方をゆっくりと見る。彼は苦笑をして、姿勢を正した。

「私はもう、人の形をしていないのです。鎧の中に……どろどろになった私が収まっていると説明すればよいでしょうか」

これが鎧を脱げない理由で、食事や睡眠の要らない正体だった。

「……シエンは魔物なの？」

少女はおずおずと尋ねる。

「あるいはそうかもしれませんね」

騎士の声は優しかった。

「そもそも、魔物とは人造の存在です。かつての大戦において、魔法によって命の理を改造した兵士の成れの果て、あるいは大戦を生き延びた魔改造兵士の血を引く子孫、それから魔法によって作り出された生物兵器の生き残りや、それが繁殖したものを指します。なのでその定義でいくと私は魔物なのでしょうね」

「……あたしも魔物？」

「人狼は——そうですね。きみのご先祖に魔改造兵士がいたのでしょう。隔世でその因子が発現することがあるのです。理屈を知らない人々は、『月に憑かれた』……とオカルトなことを言っていますが」

ノゾミを怯えさせない為に言わなかったが、魔物の血が覚醒した者が、その力が精神に大きく作用しすぎて狂暴化するケースもある。人間以外の動物が魔物と化せば、ほぼ狂暴化する。その観点で言うと、ノゾミはまだ運がよかった。彼女の先祖にいたのだろう魔造兵士・人狼《ライカンスロープ》の血が、少女の心まで蝕《むしば》むことはなかったのだ。

「ふ〜ん……」

ノゾミは俯いていた。恐ろしいから、ではなくて——驚きはあったけれど——シエンのことが分かるほど、彼我《ひが》の共通点が見つかって、なんだかホッとするような気持ちになるのだ。

と——ノゾミのおなかが「きゅうう」と鳴った。シエンが含み笑う。

「ごはんにしましょうか」

「ウン……」

ノゾミはおなかの音を聞かれて恥ずかしかった。でもおなかが空いたのは本当のことなので、コクリと頷く。

では、とシエンは鞄を開いて、町で買った食料の余りを確認した。防腐魔法——今では失われた技術——が使える彼は、念の為と少し多めに食材を購入しておいたのだ。

その時だ——大きな影が、空を横切る。

見上げれば大きな鳥が旋回していた。それは明らかに『ただの鳥』ではない。トンボのように四枚の羽、猛禽類《もうきん》よりも巨大な体軀《たいく》、赤黒い羽毛、嘴《くちばし》には肉食獣めいた獰猛《どうもう》な牙、顔面には大量の目玉があり、それぞれがギョロギョロと四方八方を睥睨《へいげい》していた。目玉の中の幾つかは……しっかりと、ノゾミとシエンを獲物として見澄ましていた。魔物だ。

「ああ、ちょうどいいところに」

「……『ちょうどいいところに』?」

ノゾミは騎士を二度見三度見した。話の流れからすると、彼はあの魔物を食材にしようとしているようで。

「た、た、食べられるのか⁉　おなかこわさないか⁉」

「大丈夫ですよ、食べられますよ。むしろ魔物は魔力が肉質に何かしら作用するのか、おいしいことが多いんです」

「……ほんとに?」

「ほんとです」

言いながら、シエンは光を手の中に具現化する——光は棒状となり、輝ける斧槍《ハルバード》へと形作られる。

「なにそれ⁉」

「魔法ですよ」

シエンは魔物を見上げている。旋回していた魔物はキッと狙いを定めると、羽音をたててその場ではばたいた。数枚の羽根が射出される――魔法の一種だ、鉄のように硬質化している――騎士は斧槍をごうと振るってそれらを粉砕した。

クアアアアッ、と耳に障る魔物の声。続けざまに滑空し、その鉤爪でノゾミを攫おうとする。――ノゾミから見れば、空を覆い尽くさんほどの怪物が、自分に向かって真っ直ぐ飛んでくる光景が視界いっぱいに。生物の本能が恐怖した。悲鳴すら引きつって、ノゾミは半歩後ずさった。ここまで巨大な魔物を見るのは生まれて初めてだった。

「ひっ……」

殺される、と思ったが、魔物の鉤爪がノゾミを害することはなかった。シエンのハルバードが、急降下してきた怪物をそのまま下から串刺しにしたのだ。空中で磔刑《たっけい》に処された魔物は悲鳴を上げながら空中でもがくも、遂に斧槍をその体から引き抜くことはできなかった。

「……し、死んだ？」

「おそらくは」

シエンはノゾミに下がるよう仕草で示すと、得物を下ろした。武器を持つ方とは反対の手に、先程と同じ要領で光のナイフを作り出すと、一閃で魔物の首を斬り落とす。

それから魔物の脚を掴み、ナイフとハルバードを光の粒へと霧散させた。魔物を宙吊り状態にする。魔物はしばらく痙攣していた。

「あっ、見たことある……」

おっかなびっくり、シエンの背中に隠れている狼少女は指をさした。前に、『家族』がどこぞの鶏小屋から盗んできた鳥をさばいているのを見たことがあった。首を落として逆さまに吊るして血を抜いていたっけ。

「魔物と言えど、だいたい生物と同じ構造をしていますよ」

言いながら、シエンは鞄から鍋を取り出した。「ちょっと小さいな……」と独り言つと、指を鳴らして鍋を大きく変身させる。既に水も満たされていた。湯気が出ている。お湯だ。

「薪を拾ってきて火をつけるのもいいんですが、早く食べたいでしょうから割愛しましょう」

血抜きをした魔物を熱い湯の中に入れる。湯の中で軽くゆすって、上げて、また同じように……というのを数回。濡れそぼって湯気が出ている羽を、シエンが大きな手でむしりむしりと抜き始める。そうすれば赤黒い羽がすっかり抜けて、黄なりのブツブツした肌が露《あらわ》になった。翼が四枚あることを除けば、シルエットは概《おおむ》ね『チキン』だ。

「……おいしそう……」

「もう怖くありませんか？」

怖い、からおいしそう、に感情が変わっていったノゾミに、シエンはくすりと笑った。その間にも、魔法の炎で細やかな羽毛を焼いていく。

「マホウって、もっとこう……人間を殺したり、モノを壊したりするものだと思ってた」

「便利なものでしょう」

「なんでなくなったんだろ」

「そうですね……、ナイフにたとえてみましょうか」

魔法の鞄からまな板と、それからナイフを取り出して、シエンは続ける。魔物の脚を切り落としながら。

「このように——ナイフはおいしいごはんを作り出したり——他にも木を削って道具を作り出したり——とても便利な道具ですよね」

まな板の上、慣れた動作で魔物はどんどんさばかれて、パーツになっていく。もも肉、手羽先、胸肉、ささみ、各種内臓……。

「でも、ナイフをひとに刺せばどうなるでしょう」

「死んじゃう」

「でしょう。便利な道具も、使い方によっては恐ろしい武器になります。誰だって、ナイフを向けられたり刺されたり斬られたりするのは怖いですよね」

「怖いから、ダメ！　になった？」

「そうなのでしょうね。昔々、たくさんの人間が、魔法というナイフで傷つけられたのです。これからはナイフ《魔法》は捨てて平和に仲良く生きていこう……それはそれで素晴らしいことだと私は思います。しかし、誰も使わなくなったからこそ、魔法を使う人も魔法の知識も薄れていき、いつしか魔法は『よく分からないもの』になりました。よく分からないものは、怖いでしょう？」

ノゾミは生まれて初めて見る巨大な魔物に襲われた瞬間を思い出していた。頷きを返す。

「その『怖い』が、今の世界を形作っているのだと思います」

「ふぅん……」

「さてノゾミ、きみに任務を与えます」

「にんむ」

「木の枝を幾つか拾ってきてくれませんか？　串焼きにしましょう」

「……わかった！」

言葉終わりにはノゾミはダッと走り出していた。ぽつぽつと木が生えていたのは見かけたので、その下を探せば枝は落ちているだろう。最初は魔物を食べても大丈夫なのかと心配だったが、今は「どんな味がするんだろう？」という好奇心の方が勝りはじめていた。

●

魔法による焚火が燃えている。

串焼きにされた内臓、骨付きもも肉のワイルドな丸焼きが火に焙《あぶ》られて、脂が滴《したた》って、たまらない香りを立ち昇らせる。ノゾミは顔が熱くなるぐらいの間近でそれらを凝視していた。

「うー、うー、うー、まだ？　まだ？　まだ？」

「もう少しですよ」

「半生でもいい～～～んううううう～～～」

「きちんと火を通さないと中毒や寄生虫にやられかねないのでダメです」

「ジ～～～～～」

ちなみに一羽丸ごとは流石《さすが》に食べきれないので、シエンが防腐魔法を施し、水気を通さない布で包んで鞄の中に収納した。頭や足や一部の内臓など、食べない部分は埋葬した。

そうこうしている間に肉が焼けた。「もういいですよ」とシエンが言った瞬間、光の速さでノゾミは肉にがっつきはじめる。熱くてはふはふしながら、人狼の鋭い牙で食らいつく。かなり固い肉質だ、でもノゾミの歯も顎もただの少女のそれではない。豪快に引き千切り、がふがふがしがし咀嚼している。シンプルに塩だけで味付けされたもも肉は、皮はパリッとして、中もほくほくと火が通って、空きっ腹にダイレクトに幸福を連れてくる。シンプルだからこその命を感じる調理法。

「はふっ……はふっ……」

口の周りと手と指を脂まみれにしながら、ノゾミは次いで串焼きにされた内臓類に手を出した。内臓類を食べるのは初めてだった。臭いんじゃないかと警戒していたが、きちんと処理されたそれらは香りからして『美味』である。涎が出てくる。ぶつ切りにされた心臓、キモ類を、はぐっと噛んで串から勢いよく引っこ抜く。

「ん……ん……！」

こりこりした独特の、肉とはまた異なる食感。得も言われぬ深みのある風味。初めての感覚にノゾミは顔を上げたまま、ほっぺをぱんぱんにしたまま、呆然としていた。

「おいしいですか」

「おいしい!!」

つあった。

「そうですかそうですか」

ノゾミの中で、シエンは「おいしいごはんを食べさせてくれるいいやつ」になりつつあった。

（でも、次の町で、お別れなんだ……）

シエンの言葉を思い返す。確か――シエンの友達に保護を頼むだとか。あの時は「ふーん」と流したけれど、ようやっと現実感が心に落ちた。なんだか……少し……モヤモヤする、と少女は感じた。シエンは地獄へ死にに逝くという。ノゾミのことを置いていってしまうという。今、どれだけ、シエンと楽しい時を過ごしても、それは一瞬だけで、一時的で、永遠ではないのだと、虚しい気持ちがノゾミを俯かせた。

思い出の一瞬の煌めきをこれからも大事に……なんて悟れるほど、少女は未だ大人ではなかった。心の拭えないモヤモヤを説明できなくて噛み砕けなくて、八つ当たりのようにノゾミは肉に噛みつき、勢いよく引き千切った。

がふがふ肉を喰らうノゾミのすぐそば、シエンは食事の際の祈りの言葉を口にしていた。シエンが信仰する理念において、光とはすなわち太陽、太陽は大地を草を育み、全ての食物連鎖の基盤となる。つまり光なくば糧《かて》は得られない。ゆえにこそ光に感謝し、光が育んだ糧を善きことに使わんといった内容だった。シエンは食事をしないから、ノゾミの分の祈りであった。

食事が終わり、一服も済めば、二人は旅を再開する。

麗《うら》らかな昼下がり。二人しかいない草原。ノゾミは走る。目の前には小さな崖があった。崖といっても二メートルもない段差だ。回り込めばなだらかな上り坂があるけれど、少女はぴょっと壁に飛びつく。その鋭い鉤爪で地面を掴み、軽やかに駆け上る。折角洗ってもらったのに、走り回って転げ回って、もう土や葉っぱであっちこっちが汚れていた。

「ぷは」

一気に登り切った。新しい地平線が見える——「あ！」とノゾミは彼方を指さした。

「シエン！　見て！」

「どうしました？」

シエンは大きな体で崖の縁を掴むと、その巨体からは想像できないほどの身軽さで一息に登攀《とうはん》した。そのままノゾミが指さしている方へ顔を向ける——。

「でっかい魚の死骸！」

彼女がそう形容したのは——魔力駆動する陸上弩級《どきゅう》戦艦、の成れの果てだった。

かつては大地を、まるで海を往《い》くように滑り飛んでいた巨大戦艦は、今は横たわり半壊し、あちらこちら骨組みを晒し、錆びて朽ちてしまっている。なるほど……見ようによっては、大きなクジラが横たわっているように見えなくもない。

「あれは――」

かつて戦争で使われていた兵器ですよ、とありのままを言おうとしたけれど。シエンは小さく笑い、ノゾミの頭を優しく撫でた。

「――そうですね。大きな魚の死体ですね」

「見に行ってくる！」

「お気をつけて」

大きな魚の死体、へと走り出したノゾミの背中をシエンは穏やかに見守った。それから改めてシエンは『死体』を見る。魚にたとえるなら『腹』の部分が大きく抉《えぐ》れていた。また、焦げているので火災が起きたのだろう。騎士はあの魚の最期の瞬間に想いを馳せる。かつて、この戦場で爆発炎上し、多くの乗組員と最期を共にしたのだろうか。

その間に、足の速いノゾミは魚の傍まで走り寄っていた。立ち止まる。弾んだ息を整えながら、昼下がりの日に照らされる巨体を見上げる。初めて見る物体だ。遠くから見たら魚の死体……と言ったけれど、近くで見たら人工物だったことに気付き、ちょっと恥ずかしい。黙っていようかと思ったが、シエンに「フフ、お魚じゃなかったですね、フフ」と言われるのが悔しいので、尻尾の毛をボワボワにして勢いよく振り返る。てくてく歩いてくるシエンが見える。

「魚じゃなかったーーーーー！」

「そうですかー」

よし、言っておいたので大丈夫。ノゾミは鼻をフスフスさせて、辺りのにおいを嗅ぎながら散策した。『魚』には大きく穴が開いていて、日陰になっている。のだが――影の片隅がほんのりと、かすかにだが、光っていることに気が付いた。

（なんだろ……？）

好奇心のまま慎重に歩み寄る。そ～っ、と覗き込む。他の草に埋《うず》もれるようにして、ひっそりと、二、三輪ほどだ、白い花が咲いている。花の大きさはノゾミが人差し指と親指で輪を作った程度だろうか。――それが光っていたのだ。ほんのりと、ではあるが。

美しいと思った。幻想的だった。近くで見れば、かすかに花弁が透けていることに気付いた。日陰のヒンヤリした土のにおいの中、ノゾミはしゃがみこんで目を丸くする。

（あれ……？　この花……）

造形に見覚えがあった。そうだ――シエンのマント。光り輝く花の紋章。あれだ。これは多分、シエンに見せたら喜ぶやつ。ノゾミは我知らずと、「シエンを喜ばせたい」という心境になっていた。パッとしゃがみこんで、その花をひとつ摘む。が。

「あっ」

摘んだ途端、花の光がフッと失われてしまったのだ。本当に呆気ないほど……。

「あっ……あ～～～～……」

「どうしました？　そんな悲しい声をして」

ノゾミの背後、追いついたシエンが後ろから手元を覗き込んだ。少女は耳も尻尾もへんにょりさせて、「これ……」としょぼくれた顔で花を見せた。

「ほら、ここ、見て、この花、光ってる。シエンのマントのやつ。光ってたの、ほら」

「おお！　これは――」

シエンの声が明らかに弾んだ。まだ地面に生えている輝く花を見、それから、ノゾミが差し出した光を失った花を大切に手に取った。

「光輝《こうき》の花……私の国では神聖な花として、我々の象徴となっていました。滅多に見つからないのですよ。こんなところに咲いていたなんて……」

騎士は、じっと――花を見つめている。その眼差しも、声音も、懐かしむような、切ないほどの望郷が滲《にじ》んでいた。

「ああ……これを見るのは何年ぶりでしょうか。祖国で見たのが最後です。絶滅していなかったのですね。美しい……この花だけは、何も変わらない……ああ……」

「……シエンうれしい？　かなしい？」

おずおず顔を見上げる。騎士はしゃがむと、優しく少女を抱き締めてくれた。

「とても嬉しいです。ありがとう、ノゾミ」

「……！」

大きな腕に抱き締められ、頭を撫でられ、ノゾミの尻尾がふわふわ揺れた。

「ふ、ふふん？　べつに？　シエン喜ぶかなって？　思っただけだし？」

思えば大人に抱き締められるのは生まれて初めてだったかも。ゆるゆると撫でられるのが心地よくて、耳もぴたんと伏せてしまう。感じたことのない、特別な、心が満ちるような、不思議なあったかい気持ちがノゾミの心に溢れた。なんだかとても安心した。

「シエンよかったね」

「はい、ありがとうございます」

騎士はゆっくり身を離した。ノゾミはもう少しだけぎゅっとして欲しかったけれど、どう表現したらいいか分からなくて、シエンのマントをちょっと引っ張った。すると騎士は意図を察してくれたようで、「よいしょ」と少女を抱き上げた。そのまま二人は、日陰に咲いている光る花をしばし見下ろしていた。

「摘んでいかないの？」

「この通り、摘むと光が失われてしまいますから。それに花はいずれ種を作ります。これからも光輝の花がここで咲き続けていくように、そっとしておきましょうか」

「そっか、わかった」

「ノゾミのプレゼントは、大切に保管しますね」

　白い花に防腐の魔法を施す。取り出した紙でそっと包むと、シエンは『贈り物』を大切に鞄にしまった。

「それでは――行きましょうか」

「うん」

　騎士が歩き出す。優しい風が彼の外套を、その背の花を揺らした。腕の中の少女は大きな鎧に身を預けて地平線を眺める。あの向こうに町があるんだろうか。また一歩と、お別れが近付いてくる。

（まだ……到着して欲しくないなぁ……）

3：「一緒に地獄に落ちてあげる」狼少女はそう言った

町の主要な入り口には、串刺しにされ火刑に処された魔物の死骸が野晒しにされていた。それは猿のような蜘蛛のような……腕の多い人間大の何かだ。黒焦げになっており、詳細までは分からない。しかも黒焦げになったうえで凌辱めいて杭が刺してあるので、更に元の姿を分かりにくくしていた。念入りな破壊に、黒く焦げた死骸は当然ながらピクリとも動かない。

それは人々がいかに魔物を憎み疎《うと》んでいるか、そして「我々は魔という異端に屈しない」という熱心な意思表明であった。あるいは、超常である存在を征服したことを誇示して自尊心を高めているようにも見えた。

――ノゾミには人間の剝き出しの攻撃性に感じた。シエンのマントに隠れて、焦げ臭いオブジェクトを見ないようにしている。魔物は異形然としているが、黒焦げになって徹底的に輪郭程度しか分からないせいで、人間にも見えた。もしかしたら人間が魔物に変質したモノかもしれない……そう思うと、なんとも胃の辺りが気持ち悪くなるのだ。

違うことに意識を向けよう。そう思ったノゾミは、シエンのマントの隙間より、町の風景を見上げることにした――。

基本的な構造は、ノゾミがかつていた場所とそう変わりない。旧文明の町の跡地、瓦礫や廃墟に勝手に人間が住み着いて、増築や改築を好き放題に重ねていった風景。だがその規模はノゾミの町よりも大きく人も多い、町と言うより小都市と言ってもいいかもしれない。

とは、いえ――二人が行くのは賑わう大通りから少し外れた路地だ。大きな通りはそれだけ人が多く、目立つ可能性があるからだった。

なお、シエンは外套の紋章を光の屈折で見えないようにしている。……ノゾミが処刑されそうになっていた時にあえて見せていたのは、分かる者にとってはノゾミよりも目立つ存在になるだろうから、といった理由だった。ちなみに鎧姿が目立つことはない。というのも、魔物を狩ったり外の『遺跡』を探索して生計を立てているような者は、基本的にフル武装だからだ。

ノゾミについても、シエンが渡したフード付きのマントを目深に被って獣の耳と尻尾を隠していた。「外さないように」と言われている。もし誰かに外すよう迫られたら、「太陽光で肌が火傷してしまう体質なのです」と答えるように言われた。

「シエン、『嘘ついちゃダメ』って言うかと思った」

マントを被って、更にシエンのマントに隠れつつ、ノゾミが騎士を見上げる。

「そうですね。嘘は基本的にはいけません。しかし正論を振りかざすことや、自分の命に直結する正直は正しいことと言えるでしょうか」

「……どゆこと？」

「前者は、たとえば鼻の低さを気にしている人に対して、『あなたは鼻が低いですね』と真っ向から発言することは、『本当のことを言っただけ』でまかり通ってよいことでしょうか？」

「よくない気がする……そのひと怒りそう」

「そうですね。後者は、まさに今のきみです。『私が人狼であることは嘘でないのだから隠す必要はない』と、フードを被らず往来を歩けばどうなるでしょう？」

「捕まる……殺される……死ぬ……」

「そういうことです」

「なるほどわかった」

シエンは物知りだなあ、とは、ノゾミがこの数日で学んだことだ。そう、出会ってから数日――思えば、たった数日。だがノゾミにとって人生で最も濃密で、鮮烈で、楽しくて、安心できる時間だった。最初は警戒対象でしかなかったシエンは、少女にとってとても大きな存在になっていた。

本当に、シエンのおかげでこの数日、ノゾミが学んだことはとても多い。例えば「肉はちゃんと焼いて食べないといけない」とか「肉ばかりじゃなくて葉っぱも食べないといけない」とか「食べられる葉っぱと木の実、食べちゃダメな葉っぱと木の実」とか。食べ物関連ばかりなのは、ノゾミの関心の比重のせいである。

さて、町に入ってほどなくのことだ。路地裏のガチャガチャとした古市で、シエンはノゾミ用にワンピースと下着と靴下と靴を買った。それからフードのようなボンネットと、大きめの鞄も。服と下着は着替え用に数点、買ったばかりの魔法のものではない鞄に収納して、ノゾミに渡した。いずれも中古ではあるが汚れや傷のない綺麗な逸品ばかりだった。

ひとけのない場所で手早く着替える——清楚な黒いワンピース、つやつやとした穴の開いていない靴、黒髪に映える白いボンネット。尻尾はスカートで、耳はボンネットで隠れる。身なりを整えればノゾミはなかなかの美少女であった。ここ数日、栄養状態がよく衛生的に過ごしているのも相まって、肌ツヤも髪ツヤもいい。佇まいにも精神的な余裕がある。

「変な感じ……足が狭い……」

靴というものを初めて履いたノゾミは、爪先をぴぴぴと水を切るかのように振るった。

「シエン、これ脱いでいい？」

「我慢なさい」

「耳も狭い……首ぎゅ～ってなってるのヤ……」

ボンネットをこね、首のところで結んでいるリボンを緩めようとする。

「我慢です、ノゾミ。それから、あんまりボンネットの下で耳を動かすと怪しまれてしまいますよ」

「はーぁい……」

尻尾と耳を意識する。動かさないように……と集中する。

メインから外れた道だが、人通りはそれなりに。シエンは少女とはぐれぬよう、片手をそっと差し出した。

「ノゾミ」

「……うん」

少女は大きな手の人差し指をきゅっと握る。柔らかく、ガントレットで武装した掌が小さな手を包んだ。

（もうすぐお別れかぁ……）

歩いていく。小さなノゾミの視点では、大人達が通り過ぎていく姿が視界のほとんどどを占めている。流れていく間隙《かんげき》、地べたに開かれた市場が見える。盗品、中古品、ジャンク、あるいは、旧文明の遺跡やらから見つかった品々だ。物乞いや、うずくまっていたり眠っていたりする汚れた人間もいる。あるいはかつてのノゾミのような子供の姿も。いろんなにおいがする。人狼になったことで鼻が良くなったから、手に取るように種々様々なにおいを感じ取れた。それからガチャガチャした喧噪も。ノゾミは元いた町から出たことがなかったが、町の風景は案外、どの町でも同じなのだなあと感じた。

（お別れしたら、シエンは地獄へ旅立って……それで……それから……）

唇を淡く噛む。

（いつかあたしのことなんか忘れちゃうんだ……死んでいなくなっちゃうから……）

目的地まであとどれぐらいだろうか。このまま永遠に到着しなければいいのに、と少女は俯く。慣れない靴で歩いていく。そうしてふっと、「そうだ、遠回りすればいいんだ」と思い付いた。

「ねえシエン、あっちいってみたい」

ノゾミは大通りの方を指さした。

「ねえねえ……ダメ？　いいこにするから……」

もごもごと言いにくそうに、上目にじっと見つめて。――「最後のワガママだからどうかお願い」という意図を汲み取ったシエンは、いじらしいおねだりに柔らかな気持ちになった。

「……あまり目立たないように、大きな声を出したり、いきなり走り出したりしてはいけませんよ？　ドキドキワクワクしてわおーんするのもナシです」

「わおーんしない！　シエンの手も離さない！　誰かにがうーもしない！」

「約束ですよ」

シエンの言葉に、ノゾミはパァッと目を輝かせた。尻尾を振りそうになって、少女は慌てて尻尾に意識を集中させて動きを制御した。

●

堂々と——といっても目立たないようにはしているが——往来を歩くのは、ノゾミにとっては初めてだ。いつもはコソコソと、大人の目を気にしてネズミのように這い回っていたから。

「靴脱ぎたい、歩きにくい」

生まれてこのかた裸足人生だった。この靴という窮屈なものがなければもっと楽しいのに。唇を尖らせる少女に、シエンはこう言う。

「これも試練です」

「なんの試練？」

「きみが社会的に生きやすくなる為のです」

「ンエ〜〜」

この言葉になっていない返事の「ン〜」とか「ア〜」とか「ング〜」は、「分かったけどちょい不服」の意であることを、もうシエンは知っている。

「でも、違和感じゃなくて『痛い』になったら言うのですよ。靴擦れを起こしているかもしれないので」

「クツズレってなーに」

「靴が擦れてできる傷です」

「……やっぱ靴脱ぐ！」

「あ！　こらっ……大丈夫ですから」

「クツズレ痛い？　痛いのイヤ」

「まあ……痛いですが……素足で何か危ないものを踏んでしまうより安全です。そうだ！　靴は、足の鎧と考えましょう」

「鎧……鎧か……」

シエンを見上げる。鎧姿の騎士。今、ノゾミの中でマトモで頼れる大人というのは、鎧の姿をしていた。少女的には鎧は大人のイメージだった。

「鎧なら許す……」

フン……と片方の口角をつる。この数日でいろんな表情を見せてくれるようになった少女に、シエンは温かな気持ちだ。

と、甘い香りがした。シエンより先にノゾミが気付く。見やれば屋台があって、色のついた飴が棒付きで売られている。砂糖の甘い香り。ノゾミの赤い瞳がじっと、色とりどりを見つめている。

「欲しいですか？」

「……うん」

「買いましょうか」

「いいの？」

「いいですよ」

シエンが少女の手を引いた。飴——元の町でも見かけたことはある。だがノゾミにとって、飴とは「親のいる子供が買ってもらっておいしそうに食べているもの」という存在で。幸せの象徴、羨望の対象だった。心臓がドキドキしてくる。屋台の前に立つ。「いらっしゃい」の声——店主はノゾミを見ても、「薄汚いガキ、商売の邪魔だ。失せやがれ」と罵ったり暴力を振るってくることもない。

「う」

急に恥ずかしくなって、ノゾミはシエンの背中に隠れてしまった。「おやおや」と店主が微笑ましさに笑う。

「ほら、ノゾミ。何色の飴にしますか？」

「ん～……」

シエンの硬い鎧に額をぐりぐり押し付けている。その中でノゾミはちらっと飴を見ると、「青色……」と答えた。

では、とお代と引き換えに渡されるのは青い棒付き飴。平べったい形、透き通ったターコイズブルー。綺麗なガラスのひとひらのような。すんすんと鼻を寄せれば砂糖の香り。ノゾミは棒をしっかり握って、間近で飴を見つめている。

「……ほんとに食べていい？」

「いいですよ。噛んでしまうとすぐなくなってしまいますから、飴はゆっくり舐めて食べなさい」

「ン」

そーっと、舌でぺろりと舐めてみる。甘い甘い――脳がじんっと痺れるような心地が、駆け抜けた。

「……！」

尻尾を振っちゃだめだ、頑張りながらノゾミは飴を頬張って、口の中を甘いのでいっぱいにする。歯にぶつかる飴の硬さ。蕩《とろ》けていく甘味。こんな甘くておいしいものが世の中にあるのかと、ノゾミは言葉も忘れて飴を堪能していた。「おいしいですか？」と上から聞こえてくる。ノゾミはしっかと頷いた。

「そういえば」

飴をもごもごしたままノゾミが問う。

「シエンお金どうやって稼いでるの？」

彼は躊躇なくポンと金を出す。いつもの不思議な鞄の中から。

「貯金がたくさんあるのですよ。それに祖国の金貨や銀貨はたいへん良質でして。私は飲食できないので生きるのにお金がほぼ要りませんし」

「ふーん……じゃあその鞄、盗まれたら大変だな」

「大丈夫ですよ、持ち主以外には開けられない魔法がかかっていますから。鞄自体も頑丈で――ミスリル繊維を織り込んでありまして――ナイフやハサミでは破くこともできません」

「……あたし鞄に入れる？」

「ははは、大きいので無理ですよ～」

「な～～～んだ……」

鞄に入れるなら、「あたし鞄の中でいいこにしてるから」と言おうと思ったのに。

シエンには子供の冗談に聞こえたようだ。ちょっとつまんない。少女は口の中の飴の欠片《かけら》を、奥歯でしゃりりんと噛み砕いた。そうやって飴を堪能しながら——少しずつ大通りから外れていく。飴はやがて完全に溶けてなくなってしまった。

「また食べたいな……」

「イブルに言えば、きっとまた買ってくれますよ」

「……イブル？」

少女が見上げると、騎士が頷く。

「これからきみの新しい家族になるひとです。私の古い知り合いで……、一緒に『神聖不滅騎士』として活動していました」

「……シエンみたいなひと？」

「そうですね。気のいい男ですよ」

「鎧？」

「最後に見た時は少なくとも鎧でしたよ」

「ふーん。シエンとどっちが強い？」

「どうでしょうねえ」

道にひとけがなくなってきた。雑草がまばらに生えるこの狭い道を挟む建物は、多分廃墟だ。窓から真っ暗な荒廃が見える。

「ねえ、シエン……」

「なんでしょう」

「……ほんとにシエンについてっちゃダメ？」

足を止めて見上げる。手を引っ張る。眉尻を下げて、不安そうに見つめる。騎士もまた足を止めると、ゆっくり、金属音を鳴らして少女の前に片膝を突いた。

「地獄への道中は安全とは決して言えません。魔物を何匹も見たでしょう」

「でもシエンが全部やっつけた」

「私がいなくなった後は、誰がきみを護りますか？」

「う……」

「暑かったり、寒かったり、空気に毒があったりと、魔物以外にも危険なことはたくさんあります。私がどんなに強くても、環境をどうにかすることはできません。そんな危ない場所へ……未来あるきみを死の旅に連れていくことは、できません」

「……、……」

ノゾミは俯いた。その両手を、シエンが握る。だけど少女は「邪魔だ」「要らない」と言われたような気がして、シエンがとても遠く感じた。

「きみが嫌いだから、ではないことは、どうか分かってください」

シエンの声は優しい。訓練を受けた大人ならまだしも、ノゾミは自力で生きていくことすら難しい弱い子供。ノゾミが自分に懐いていることは理解しているが、少女を危ない場所へ連れ回すべきではない。まだ子供なのだ。安全な場所で、大人の庇護のもと、命の危険なく、安心できる場所で、適切な教育を受けて生きていくべきなのだ。

シエンはそう考えていた。

「う……う……」

「大丈夫。きみはきっと幸せになれますよ」

「……うん……」

幸せと簡単に言われても、少女には想像がつかなかった。何かが欠けているような気がしてならなかった。

「ね？」

シエンが立ち上がる。再びノゾミの手を引いた。少女には歩く以外の選択肢がなかった。

●

辿り着いたのは町の片隅、かつて学校だったと思しき廃墟。周囲にひとけはない。

ただ、周囲は雑草が短く刈られて、花壇や家庭菜園がなされており、洗濯物が干されていることから、確かにここらで人が暮らしていることが理解できる。複数人だ。うち、子供のものも確認できる。大きさやデザインからして、ノゾミより少し年上から、年下まで、年齢に多少のバラつきのある少女らのものか。

ノゾミはスンスンと空気を嗅いだ。複数の人間のにおいがする。それから……どこかシエンに似たにおいも。

と、その時だ。ぱたぱたぱたぱた、と建物の中から複数の足音。

「誰？　誰？」

「知らないひと！」

硝子のない窓から覗く、少女三人。十四歳ぐらいの褐色肌に栗毛をひとまとめにした勝気そうな子、十二歳ぐらいのふわふわとしたブロンドにおっとりとした顔立ちの子、八歳ぐらいの東洋的で目の細い黒髪の子。

「こんにちは。イブルはいますか？」

見上げるシエンが呼びかければ、子供達は一斉に室内へ振り返って声を張った。

「せんせー！　イブルせんせー！」

「お客様だよー！」

ノゾミは緊張してシエンの背中に隠れる。耳をそばだてていると――ごつっ、ごつっ、と引きずるような重い足音が聞こえてきた。ほどなく、扉がゆっくり開かれる。現れたのは長身の、所々が赤茶色く錆び付いた鎧の騎士だった。シエンと少し意匠が異なるが、よく似た鎧である。

「イブル、お久し振りです」

シエンの声音には同郷の者への懐かしさと喜びが滲んでいた。

「……団長！　これはこれは、随分とお久しい」

答える騎士、イブルもまた似た声音だ。硬いガントレット同士で握手を交わし、友愛の抱擁を交わす。それから身を離すと、シエンの背から顔だけ覗かせているノゾミに視線を向けた。その眼差しが「この子は？」と問うているので、シエンはノゾミにこう促す。

「ああ――ノゾミ、ご挨拶は？」

「こ……こんちは……」

小声でもごもご言えば、イブルは優しく会釈を返してくれた。

「イブル、この子はノゾミといいます。隣町で不当な罪で処刑されそうになっていたところを救助しまして……、現代風に言うと『月に憑かれて』います。あなたのところで保護していただけると助かるのですが」

「シエンとどっちが強い？」

会話の流れを無視してノゾミがぽつんと尋ねる。シエンが明らかに「アッ」とした様子になった。

「こ、こらっ……いけませんよ、そんなこと聞いては」

「ははは！　シエン団長に決まっておろう。彼は我ら神聖不滅騎士の一番偉い人なのだぞ」

イブルは愉快気に笑うと、片膝を突いて長身を丸め、ノゾミと視線を合わせた。

「俺はイブルだ。団長直々の願いとあっては、おまえを無下にすることはできん。

――よろしく、ノゾミ」

差し出される手、をノゾミはじっと見つめる。それからイブルの兜を見る。シエンのように、兜の隙間は真っ暗闇で、顔は見えない。

ノゾミは、本当は――「おまえの面倒なんか見てられるか」、と断られることを期待していた。イブルに嫌われてしまえば、シエンと一緒にいられるのではないか、と。

（そうだ……）

ふと思いつき、少女は自分のボンネットを脱ぎ捨てた。ぴんっ、と狼の黒い耳が二つ、露になる。

「あたし人狼だぞ！」

牙も見せて、尻尾も立てて膨らませて。こうすれば――きっとイブルは「うわああああ化け物！」と怯えて尻もちをついて、「あっちにいけえ！」と拒絶することだろう！

　と、思っていたのだが。

「ああ、なるほど……そうか……。うん、怖い思いをたくさんしたことだろう。うちにいれば大丈夫だ。俺の方から子供達にも伝えておく。おまえは何も怯えなくていい」

　優しい声だった。イブルからすれば、少女は不安ゆえに試し行為をしたのだと映っていた。

　ノゾミは肩透かしを食らったような気持ちだ。目を真ん丸にしていると、シエンが「こらこら」とボンネットをその頭にかぶせ、器用にリボンを結んでくれた。ワンピースをたくし上げていた尻尾もスッと下ろされ、スカートを整えられる。

　イブルはその様子に微笑まし気にしつつ、ゆっくりと立ち上がった。

「立ち話もなんですし、上がっていかれては。積もる話もあるでしょう、団長」

「では、ご厚意に甘えまして。……ノゾミ、こちらへ」

　シエンが建物に入るよう促している。少女は釈然としない気持ちのまま従った。見やるイブルの背中のマントはボロボロで、シエンのように紋章は見えないように偽装されていた。

　外観は廃墟そのものな建物であるが、内部は隅々まで掃除され、庶民的な家具が置かれ、子供の絵が飾ってあったりと生活感がある。案内された先は居間だろう、普段は食卓に使っていると思しきテーブルを示される。シエンが椅子を引いてノゾミに座るよう促してくれた。

「ノゾミ、クッキー食べるかい」

「……クッキー」

とは何ぞや。食べたことがない。椅子に座って足がつかないノゾミが首を傾げていると、イブルは棚から缶を取り出してかぱりと開けた。その中身を、同時に出していた皿の上に広げれば、こんがりとした焼き目のついた小さな円盤がたくさん出てくる。フスフス嗅げば、甘くていい香りがする……。

「小麦粉に油と砂糖を混ぜて焼いた菓子だ。おいしいよ」

「お……」

ノゾミはちらっと隣のシエンを見た。「『ありがとうございます』は？」と優しく騎士が言うので、少女はもじもじしながらイブルを上目に。

「ありがと……ござます」

「次に『いただきます』」

「いただたきます」

言い間違えているが、言おうとした意思に価値がある。ノゾミは、そろそろっとクッキーを手に、さくりと齧《かじ》る。油分を含んだサクホロ食感に、噛み締めると甘い味。シンプルで素朴ながらも奥深い味わい。少女の耳がボンネットの下でピンと立った。

「うまい！」

「『おいしい』の方が品がありますよ」

「おいしい！」

むしゃむしゃ夢中になって食べ始める少女を、シエンはいつだって穏やかに見守る。

それから、彼は正面の席に着いた同僚に兜の顔を向けた。

「……生まれた時から浮浪児だったようで。知らないことがたくさんある子ですが、素直ないいこです。少し……警戒心が強くて、ゆえに寂しんぼで甘えんぼなところもありますが」

「人狼としての力は制御できているので？」

「それはまだ未知数で……覚醒してから日が浅いようで。とはいえこの町に至るまでの道中、彼女が暴走したり衝動に駆られることはありませんでしたよ」

「まあ何かあろうと俺がどうにかしますよ。命はなべて御光に照らされなければなりませぬ」

シエンもであるが、同じ騎士団であったイブルもまた、光に信仰心を捧げている男だった。

「イブル、ノゾミの養育費ですが――」

「ああ結構ですよ、ご心配なく。俺、この町では医者をしているんです。数は少ないのですが、入院用の部屋も備えています」

貧しくて医療費を払えぬ者、事情がある者の面倒を見ているとイブルは言う。基本的に金銭は患者が善意に基づいて払う、布施めいたものであるが、シエンのような『貯金』と合わせれば子供の面倒も十二分に見ていけるという。子供達も、近所の市場や教会でささやかな手伝いをして小金を稼いでいるという。

また――イブルはここでは詳しく話さなかったが、彼の治療とは魔法だ。高額な薬や道具を必要としない。尤《もっと》も、魔法を異端と毛嫌う民らを誤魔化す為、採取した薬草類から作った薬や襤褸切れを再利用した包帯を使用しつつ、怪しまれない程度に治癒の魔法を施している。イブルは貧民達にとっての町医者だった。

「先程の子供達は患者ですか？」

シエンはこの家に立ち入る前に見た子供達のことを思い出していた。「いえ」とイブルが言う。

「うちの前に赤ん坊が置かれていたり……衰弱死しそうだった子を拾ったり……助けてくれと自分から足を運んできたり……いろいろですね。全部で三人います。モラン、バボ、ルル、ご挨拶を」

ドアの向こうに呼びかければ、小さく開いていた隙間から窺っていた子供達が、きゃあっと一斉に姿を現した。少女三人だ。

「こんにちはーっ！　新しいこ？」――年長の子、モランがノゾミに駆け寄った。

「先生のお友達？　わあ～すっごい鎧～」――ノゾミと同い年ぐらいの、バボが微笑む。

「あ！　クッキーいいな～」――年少のルルは、来客よりクッキーに興味があるようだ。

好奇心を目に湛えた少女らに、シエンは「こんにちは」「ごきげんよう」と朗らかに挨拶を交わし、ノゾミは緊張しすぎて身を竦ませてしまった。

「子供達」

イブルが手をひとつ叩いて注目させる。

「この女の子はノゾミという。今日からうちの家族だ。仲良くできるね？」

「はーぁい！」

「よろしい。……ノゾミは『月に憑かれて』いる。このことは俺達だけの秘密だ、誰にも話しちゃいけない。月に憑かれていてもノゾミは人間だ。決して、異端として仲間外れにしたり、意地悪をしてはならない」

月に憑かれている、という言葉で子供達はぎょっとした。ノゾミは意を決してボンネットを目の前で取る。狼の耳に、子供達は息を呑んだ。

「おみみ！　かぁわいい～！」

年長のモランは膝に手を突き覗き込んだ。

「ねえ動く？　それ動く？」

年少のルルは乳歯の抜けた歯抜けの笑顔を向ける。

「人狼には尻尾もあるってほんと～？」

バボとノゾミの視点は近い。首を傾げている。

彼女らのリアクションに拒絶や嫌悪はなかった。イブルの教育の賜物《たまもの》だろう。あるいは彼が教えた御光信仰に基づく価値観のせいかもしれない。予想外に受け入れられることばかりで、ノゾミはクッキーも忘れて終始狼狽《ろうばい》していた。

「ねえ遊ぼ！」

バボはノゾミが同い年ぐらいで嬉しいようだ。早速手を取るが、年長モランが片眉を上げる。

「それよりお家の案内じゃない？」

「じゃあお家の案内しながら遊ぶ！」

その後ろ、幼いルルがマイペースに「クッキーもーらい」とクッキーを口へ。「あ！私も！」とバボはおっとりした見かけに反してアクティブにクッキーを二枚同時に口へ。「こらっ！　勝手にとっちゃだめでしょ！」とモランが『妹達』をたしなめる。

見る。情報量が多い。ノゾミは目を真ん丸にして、子供達を、イブルを、シエンを順番に
「遊んでおいで」

シエンが促した。少女はそれでも躊躇《ためら》っていたが、「いこういこう」と手を引かれ、
ぱたぱたぱた――嵐のように賑やかな足音達に連れ去られていく。

「シエン～～……！」

「ふふ、仲良くするんですよ～」

不安そうに振り返ったノゾミへ、初めて幼稚園に赴く幼児を見送るように、シエン
は手を振った。

――半分だけ開けっ放しになったドアの向こうで笑い声。きゃあきゃあ。

二人の騎士はそれをしばし見つめてから、互いに向き直った。

「――それで。旅の成果は如何程《いかほど》ですか、団長」

イブルは子供向けの声ではなく、上司に対する厳かさで尋ねた。

「『地獄』の伝承を、旅の魔物狩りから聞きました。ここから北の、大陸の果て……

奇妙な光を頂いた山があるそうで。行った者が二度と帰らない、あの世に直接通じて
いるのではないか、と。もしかしたら異界に通じる門を開く魔法の残滓《ざんし》かもしれませ

ん。そこに赴こうと思います」

「またガセなのでは。俺達がどれだけ、根も葉もない伝承に振り回されたことか……」

卓上、錆びた指を組む。

イブルはかつて、シエンと共に旅をしていた。イブルだけではない、幾人かの神聖不滅騎士が、共にこの地を彷徨《さまよ》い旅をしていた。終われない自分達が終われる方法を探して。あらゆる魔法。あらゆる道具。あらゆる儀式。どんなちっぽけな噂にでも縋って。東へ西へ。長い長い年月。それでも終わりは見つからなかった。

やがて、一人、また一人と、旅をする者は減っていった。「終わりはないのだ」「我々に救いはないのだ」「もうどうすることもできないのだ」と絶望し、諦念し、疲弊しきり、『消えて』いった。イブルは旅に疲れ、先も分からないまま定住を決めた者だった。

「私は諦めない」

シエンの一言はとてもシンプルで、しかし、揺らがぬ鋼の意志があった。有無を寄せ付けぬ威儀があった。イブルは寸の間、口を噤《つぐ》む。

「そういえば……、団長、ロウカ副団長は？」

イブルが足を止めることを決めた時、シエンの傍にはあと一人だけ騎士が残っていたはずだった。同僚の名を口にすれば、シエンは小さく息を吐いた。

「彼女は列聖されました。私の手で」

「っ……そうですか。……申し訳ございません」

「なぜきみが謝るのです。私は団長としての務めを果たしたまでです」

「……」

「きみは昔から、ひと想いで優しいですね。いつだって誰かの為に生きてきた」

「あなたを見捨てました。逃げました」

「いいえ。この旅は私の我儘《わがまま》なのですから。むしろ、よく付き合ってくれました」

「……言葉もありません」

「結構」

少しの間が空く。イブルは、卓上に組んだガントレットの指先を見つめている。

「あの……もう一つだけ。サギリは見つかりましたか？」

「……いいえ」

「そうですか、……」

「無事でいては欲しいのですが……、あれだけ激しい復讐に駆られては……」

「……サギリの噂を聞いたら、あなたに伝えるようにします」

「そうしてください、助かります」

シエンは穏やかに頷いた。しかし次の言葉は審問めいていた。

「イブル。それで――きみは大丈夫ですか」

その目玉なき視線は、イブルの指先――錆びた色に向けられている。

シエンはこの『症例』に心当たりがある。肉体的に死ねない騎士であるが、その心はひとのそれ。心を軋《きし》ませ、病ませ狂わせ、そうして完全に崩壊する過程において……錆びていくのだ。彼らの、白銀に煌めく鎧が。まるでその精神が蝕まれていくことを示すかのように。

「俺は……、大丈夫です。ここは平和で穏やかです。子供達もいますし」

「そうですか」

「そりゃあ、先のことを考えすぎると、少し不安にもなりますけど……今は大丈夫です。落ち着いています。ここのところはずっと平穏です。ちょっと錆びてしまいましたが、これっきりです、ずっと。だから大丈夫」

「……そうですか」

その言葉を告げて、シエンはゆっくりと立ち上がる。

「では、きみを信じます。これまでもそうしてきたように。……改めて、ノゾミを頼みます」

「……もう行かれるので？」

「ええ。ありがとう、イブル」

表情は作れぬが気持ちだけは微笑んで、最後にノゾミに挨拶だけしようと廊下の向こうへ呼びかけた。

「ノゾミ。私はそろそろ発ちます」

その声の数秒後――ばたばたばたばたと足音がものすごいスピードで近付いてくると、半開きだったドアが完全に開け放たれた。はあはあと肩で息をしているノゾミが。

「シエン……」

「ノゾミ、今日からここがきみの新しいおうちです。どうか幸せになるんですよ」

「う……」

「大丈夫、何も怖くはありませんよ」

歩み寄るシエンが、正面で片膝を突く。ボンネットの上から、少女の頭を優しく撫でた。

「お元気で」

「っ……ッ……」

行かないで。

つれてって。

——言葉はぐわっと心から溢れてくるのに、それを口に出せなくて、ノゾミは陸の魚のように口をぱくぱくさせるだけだった。シエンが何か、別れの言葉を言ったけれど、ノゾミの頭はうまく処理ができなくて、ただ、スカートを握り締めて、騎士を見上げていた。

「さようなら」

逆光、シエンがドアから出ていく。

「あっ——」

待って、と言う前に、ドアが閉じた。ノゾミにはその扉が途方もなく大きく見えた。

「どうしたの?」と子供達が寄ってくる。「なんでもない」とノゾミは言うが、顔は俯き、尾は垂れていた。

●

昼食は、ありふれたパンとスープだった。ノゾミは草原で食べた魔物の肉の味を思い出しながら、素朴な味わいを口に運んでいた。

住居の案内の後、入院している患者（といっても一人だけだし重篤な様子でもない）に挨拶をして、簡単に外の案内をされた。ノゾミは何度も、コッソリ抜け出してシエンを追おうか迷った。だけど、それは結局脳内の計画だけで終わる。

町は、前にノゾミがいた場所より規模が大きくて人が多いだけ、という印象だ。世界は特に代わり映えしない。外を知ってしまった少女からすれば、ありふれて、昨日と同じ今日を繰り返すだけで、なんだかとても、退屈に思えた。ぼうっとして、時が流れた。たくさん会話をしたはずだけれども、ほとんど覚えていない。空を見上げ、白い空に、雲が出てきたなあ、と漫然と思った。

日が暮れる。夕食はシチューだった。おいしかった。そんな凡庸な感想しか出てこないぐらい、心ここにあらずであった。

ノゾミは少女三人が使っている部屋を使うことになった。二段ベッドが二つあり、下段が一つ空いていたので、そこがノゾミのねぐらとなる。思えば、ベッドで眠るのは初めてだ。シエンと共にいる時は、いつも野宿で、毛布にくるまるかシエンのマントにくるまっていたから。

（ふかふかして落ち着かない……ねむれない……）

他の少女三人は……もう一つの二段ベッドの下段に集合して、くすくす小声でおしゃべりをしている。それに何やら出かける様子らしい。ノゾミは睡魔も来ないのでゆっくり身を起こした。

「どっかいくの?」

話しかければ、少女達が楽しそうに振り返った。

「ふふふふふ。ノゾミも一緒に見に行く? そしたら分かるわ」

年長のモランはそう言って、寝間着の上に上着を羽織る。人差し指を口元に、「しー、しー」とかくれんぼの時のように、ひっそりと寝室から出ていく。含み笑いの妹達を連れて。ノゾミはそれを真似て、足音を立てぬよう、訝しみながらルームメイト達に続いた。

夜の廊下はとても暗い。今夜は雲が出て月も隠れている。そろりそろりと少女の足音。もともと学校だったその廃墟は館のように廊下も長い。広い部屋がたくさんあり、そこは空き部屋だったり、倉庫だったり、薬草を育てている鉢が並んでいたり、入院患者用の部屋だったり、診察室だったりする。消毒液のにおいがツンとした。

と――足音がノゾミの耳に届いた。重たくて金属質な……間違いない、イブルだ。

「……イブルいる」

「ノゾミちゃん、イブル『先生』でしょ」

「んむ……」

子供達はイブルのことを余程気に入っているらしい。ノゾミにとって敬称をつけたり敬語で話さなくてはいけない相手は初めてで、ぶっちゃけ敬語の使い方もよく分からないでいる。

と、モランがノゾミの手を引き、他の少女らと共に教室に隠れた。楽しげな唇に添えられる人差し指が、「静かに」を伝えている。

――ぎし。ぎし。

床を軋ませ、暗がりの向こう、錆びた騎士が歩いてくる。片手に携えたランタンが、鬼火のように揺れている。イブルは敷地内の見回りをしていた。患者の確認も兼ねている。だがその歩みは幽鬼のようだ。顔は見えないが、ぼうと虚《うつ》ろな状態に感じる。彼は一部屋一部屋を覗いていく。たとえそこが何もない空き室でも。

「……ねえ、すごいの見せてあげる」

バボがくすくす笑って囁いた。幼さの残った甘い声音だった。

「家族になった証。誰にも言っちゃいけない秘密」

「私達、誰もノゾミちゃんが人狼ってことバラさないから、ノゾミちゃんも秘密にしてね」

モランも目を細め笑って言う。そして、イブルがこの部屋を見回りに来る前に、彼女らは廊下に出た。

「イブルせーんせ！」

少女らの登場に、イブルの歩みが止まった。無言のまま、小さな子らを見下ろす――昼間と何か様子が違う。ノゾミは奇妙な心地に、部屋から半身を覗かせたまま緊張した。その間に少女らは、イブルに怖《おじ》けることなくきゃあきゃあじゃれつく。

「ねえ先生、聞いて！」

「入院中のルーグおじさんが私達にいじわるするの」

「イブル先生、私達を護って！」

その言葉に。足を止めていたイブルが再び歩き始めた。先程よりも速い。無言のままなのが薄気味悪い。

彼は迷うことなく真っ直ぐと、入院患者用の部屋へ向かっていた。扉を開ける。ベッドが幾つか並んだそこには、ひとつだけカーテンで仕切られたものがあった。騎士の手がそれを開ける。初老の男が眠っている。イブルは何も気付かずに眠っている男へ掌をかざした。

瞬間――パッと光が瞬いたかと思えば、男は衣類ごと『消えて』いた。

ノゾミは何かしらの魔法だと分かったが、どんな魔法なのかは分からなかった。実際は、光の熱で対象のみを一瞬で焼き尽くす魔法である。ノゾミの目には、文字通り「魔法のように」相手を消す恐ろしいモノに映った。

「え、あ……」

言葉を失う。その間に、イブルは無言のまま、空になったベッドを一瞥もせず、相変わらずの歩みで、廊下の向こうへと歩いていった……。

「ベッドのひと……どこいったの？」

ノゾミはかすれそうな小声で、一番近くにいた年少ルルに尋ねる。

「死んだよ」

彼女はあっけらかんと答えた。ノゾミは絶句する。こんなにも呆気なく人間が死ぬだなんて。悲鳴も血も何も出ないまま……。

「なんで……そんな……」

「あのおじさん、具合が悪いふりして、うちにずっといようとしてるの」

「いやらしい目でジロジロ見てきたり、『処女？』『生理は来てる？』だとかきもちわるい質問してきたり」

「階段の上り下りを手伝ってとか、背中が痛いから擦ってとか言って、ベタベタ触ってくるし」

だからいなくなった方がマシ。――三つの幼い唇が、笑って言った。

「私達は光を尊びます。昼は太陽となって、夜は月と星となって、空がなくとも火となって、あるいは雨天を切り裂く稲光となって、私達を照らし導く輝きとして、常に私達と共に在られる尊い存在であるがゆえです。御光は、人を平等に照らされるのです」

揃う声は暗唱。丸暗記のその言葉に、ノゾミは覚えがある。シエンが口にしていた、彼の祖国における信仰理念。彼女らはイブルから教わったのだろう。

「そう、御光は平等なの。だから誰かが無駄遣いしたら、本当に照らされるべき人にきちんと御光が届かないでしょう」――年長が言う。

「私達がもっと美しい御光を賜《たまわ》れるように、御光に相応《ふさわ》しくないモノは消えてしまうべきと思わない？」――真ん中が言う。

「だから、イブル先生に消してもらってるよ。先生、夜になるとちょっとオカシクなっちゃうから」――年少が言う。

ノゾミには、彼女らの言っていることがほとんど理解できなかった。見た目は自分とそう歳の離れていない少女であるというのに、まるで未知の魔物と相対したような感じがした。

「初めて見た時は私もビックリした！」――真ん中バボが、聞かれてもいないのに得意気に話し始めた。曰《いわ》く、イブルはいつも夜になると意識がぼうっとして会話がほとんどできない状態になるのだが、そんな時に家に強盗がやってきた。ちょうど二年ぐらい前だという。バボはちょうどトイレに行こうと起きて廊下を歩いていたところで

――そこを運悪く強盗に見つかり、殺されそうになった。「イブル先生たすけて！」――その声の直後。現れたイブルが強盗の頭を掴み、そして、『消した』。イブルが魔法使いであることは知っていたが、魔法を直接見たのは初めてだった。

バボは、娼婦の親から貧困ゆえ売春をさせられていた子供だった。客引きの為にイブルを誘惑したところ、保護されそのまま親元を逃げ出した経緯を持つ。汚い大人達にベタベタ触られ汚され続けた彼女にとって、この町もこの町で生きる者も汚い存在だった。大嫌いだった。いなくなった方が綺麗になると思った。そうして確信したのだ。輝ける光の魔法を繰るイブルを見て、汚物を『粛清』すべきなのだと。『計画』を、モランもルルも大喜びで肯定した。二人とも、この町が綺麗だとは思っていなかったし、自分達とイブルを除く他人のことは嫌いだった。

――そしてこれは語られなかったことなのだが、バボはイブルにそれとなく、「人を殺す魔法ってあるの？」と聞いたことがある。すると彼はとてもとても深刻そうに、「存在するがもう二度と使ってはならない」「このまま風化した方がいい技術」と語った。その言葉を裏付けるように、イブルはどんな魔法だろうと決して子供達に教えることはしなかった。

だからこそ、「してはならないこと」を用いる全能感に、ますますバボは酔いしれたのだ。

「ノゾミちゃん！　もしも誰かに嫌なことをされたら、イブル先生に『告げ口』したらいいよ！」

「そうやって私達、この町を綺麗にしているの！」「ねえねえ次はどいつを処刑する？」「探しに行こう！　ふふふ！」「しょけい！　しょけい！」——もう誰の発言だかも分からない。

子供は決して純粋ではない。ただただ、残酷で容赦がないのだ。

イブルという『特別』を得た少女らは、自分達を万能だと思い込んでいた。

●

良くない兆候だと——自覚している——。

精神の経年劣化。多くの仲間が『そう』なってきた。イブルは目玉のない目で、幾人もの同僚の『精神崩壊』を見届けてきた。幾ら肉体が不老不死で堅牢でも、永劫という牢獄に囚われた人の心は、どれほど信仰心と気高さで武装をしても、脆《もろ》く儚《はかな》いものだった。ちっぽけなきっかけで瓦解してしまいかねないほどに。

永すぎる日々。

年月に老熟していく精神に反し、一切変わることのない肉体という、心と体の解離。

『敵』を探さねば平穏を保てない愚かな民衆。魔法時代の栄華は失われ、荒廃しきった堕落の世界。緩やかに衰退と滅亡が見え始めた世界。御光の届かない、救いようのない、敵しかいない、世界。もう故郷には二度と帰れず、待つ人もどこにもおらず、受け入れてくれる場所もなく、仕える主も大儀もなく、護る民も土地もなく、掲げる信仰は邪教であると否定され。

もう何もない。

拷問のように、この世界を延々と彷徨い続けるだけ。

なれど。それでも、自分達は大丈夫だ。なにせあの神聖不滅騎士、選ばれし厳然のしもべ達なのだから。――そう思っていた。誰もが疑うことすらしなかった。信仰が、そうさせたから。

『同行者』はもともと二十人ほどいたと思う。本当はもう少しいたが、大戦時のいざこざでフルメンバーではなかった。そんな中で最初に錆が見つかったのは、騎士団の中で最も若い者だった。小さな錆の理由を、最初は団長《シエン》でさえ分からなかった。まあ錆は錆だ。ただの錆だ。死ぬことなどないだろう。なにせ自分は不滅の騎士なのだ

――青年騎士はそう言って、笑っていた。

そう。全て。同じ症状なのだ。

まず輝かんばかりの白銀の鎧が錆びていく。錆は次第に広がっていき、やがて鎧の

輝きは失われていく。並行して、精神も不安定になっていく。幻覚、幻聴、幻痛、妄想、情緒不安定、衝動的になる、虚脱、幼児退行、記憶障害、離人感、希死念慮……何が発露するのか個人差はあるが主にこういった症状が発生し、言動がおかしくなっていく。その果てに完全に心が壊れて狂えば、体は崩れ落ち、腐れ落ち、恐ろしい魔物へと成り果てる。そうなればもう正気はなく、二度と戻ることもなく、衝動のままに全てを破壊し回る災厄と化す。

——神聖不滅騎士は不死身の騎士だ。しかし、確立した死ぬ方法が一つだけある。狂い果て壊れ果て魔物と堕ちた時にのみ、神聖帝国に伝わっていた輝ける破邪の魔法によって、この騎士であった魔物は浄化され消滅するのだ。

この真実を知った不滅の騎士達は、自分が自分であるうちに終われる方法を模索し始めた。だが、大戦によって滅亡寸前まで文明が壊し尽くされた世界において、魔法は瞬く間に風化していき。神秘の深奥があった神聖帝国も滅亡して久しく、不滅に関する技術も魔術も失われており。

——狂い果て壊れ果て自己という尊厳が崩壊するしか、終わりはないのか？

それが騎士達の心を更に軋ませた。焦燥。絶望。あんな終わりは迎えたくないと、どんな小さな情報にも縋り付き、騎士達は彷徨い続けた。

凶悪な魔物がいると聞き、その攻撃を幾度も食らった。しかし、死ねなかった。不滅の体に、いかなる爪も牙も無為だった。

灼熱を湛える溶岩へと跳び込んだ。しかし、死ねなかった。纏った鎧の不滅性が、焼き尽くされ溶けることなどなかった。

踏み込むと死の呪いに苛《さいな》まれるという遺跡に踏み込んだ。しかし、死ねなかった。そんな『呪い』よりも、騎士らの『呪い』の方が上回っていた。

死の毒で満ちた沼に身を浸けた。しかし、死ねなかった。嘲笑《あざわら》うように鎧はしろがねに美しいままだった。

互いに傷つけ合い、壊し合った。しかし、死ねなかった。どれだけ強く剣を振り下ろしても、もはや痛みすらも感じず、流れる血すらもなかった。

大戦で用いられた恐ろしい兵器を見つけ出し、自らに使用した。しかし、死ねなかった。かつての大戦の再現のように、騎士は傷一つ負わなかった。

あらゆる魔法を解くというあらゆる魔法や薬品や遺跡や魔物を試した。あらゆる死の魔法や薬品や儀式を試した。しかし、死ねなかった。どれもこれも、「効かなかった」か「ガセネタだった」に終わった。

その中で、ひとり、ひとり、またひとり、狂い壊れて化け物になる。いつしか「化け物と化した仲間を殺す」ことを「列聖」と呼ぶようになっていた。神聖不滅騎士は祖国において生ける聖人にも等しくあった。肉の器を放棄できるほどの熱心な信仰心、知性、人格、経歴、武術的・魔術的才能と、全てを備えた一握の者のみに許される最高栄誉扱いなのだから。ゆえに、そんな自分達が御光に還ることは、とても聖なることなのだと、現実逃避をせねば耐えきれなかったのだ。

「大丈夫、我々は必ず救われます」

ひとりいなくなる度に、団長はそう言った。誰もがその言葉に縋った。壊れた仲間達のようにはなりたくなかった。なぜ……祖国の為に戦い続けた我々の終焉が、こんなにも残酷なのか。我々がどんな罪を犯したというのか。光あれとこんなにも祈り続けてきたというのに。どうしてこんなことになってまで、生きてしまわねばならないのか……。

永い間、旅を続けた——疑問の答えは出なかった。

その果てに……イブルは旅を諦めることを、団長に告げた。もう、先の見えない希望を求めて歩き回ることに疲れたのだ。希望という光に裏切られ続け、イブルにはもう旅そのものが苦痛になっていたのだ。「こんなの、仲間を裏切る行為だ」——後ろめたさや申し訳なさはあった。ずっと、言いたくても言えないことだった。身勝手で協調性のない、騎士として最低の申し出だった。今まで、旅を諦めることを言い出した『薄情な』騎士はいなかった。それでも。団長は快く、それを受け入れてくれた。「苦しませてしまいましたね」と、優しく手を包んでくれた。

かくしてイブルは町に留まり、仲間達を——もう、シエンともう一人《ロウカ》だけになっていた——見送った。思ったよりも町に馴染むことができて——希望探しという永遠の責め苦を味わうより、うんと平穏で安楽で。ここにいれば精神の劣化も起きないのではないか。そう思っていた。

——指先の、小さな錆に気付いたのはいつだったか。

どれだけ穏やかに生きようと思っていても、それは起きた。もうとっくに、イブルの心はすり減り切っていたのだ。表面張力ギリギリだった精神が、とうとうこぼれただけのこと。むしろ、気を強く持たねばという責務から解放された安心が、最後の糸を切ったのかもしれない。

錆は少しずつ広がっていく。それに伴い、少しずつ異変が起きていく。今はもう、夜になると意識がなくなるほどで——夢を見るのだ——肉の身体をしていた頃の、祖国の光景を——。

——良くない兆候だと自覚している。

それでも。たとえ夢の中でも。祖国の光景が愛おしくて。思い出の中でしか会えない人々が恋しくて。今夜も夢を見ている。まだ肉の身体があった頃、イブルにはたくさんの家族がいた。大きな屋敷で、妻と子供達と一族に囲まれていた。娘が駆けてくる。嫌なことがあったと言う。イブルはその排除を躊躇わない。男は覚えている。魔力駆動のミサイルが、彼の家と家族を一瞬のうちに粉砕したことを。だから、夢の中でぐらいは、ありとあらゆる脅威と不快から家族を護るのだと、誓ったのだ。

今度こそ、たとえ仮初《かりそめ》でも――たとえ団長に「大丈夫」と嘘を吐いてでも――。

●

ノゾミは夜の町にいた。少女達に連れられて、それは背徳の冒険ごっこ。「イブルに処刑させる社会のゴミ探し」という、残酷な遊戯。

モラン達は知っている。『少女』が街を歩くだけで、不埒な輩が寄ってくることを。そうして、見つけた『処刑対象』をイブルに殺させるのだ。「もっといいところへ行こう」と誘えば大体ついてきてくれるから――と少女達はノゾミへ自慢げに語った。

（なんでついてきちゃったんだろ……）

ノゾミの語彙が豊富なら、少女達に対して「悪辣《あくらつ》で、傲慢な」という感想を抱いたことだろう。それでも彼女らについてきてしまったことに、ノゾミは自分自身にモヤついていた。実際のところは――恐怖、だった。彼女らの機嫌を損ねたら何をされるか分からない。保身の為、ノゾミは彼女らについていくことしかできなかった。

――暗い夜の街。ノゾミは懐かしさを覚える。まだ人間だった頃、よく夜の暗闇に乗じて活動していたものだ。そこらのゴミ箱を漁ったり、物を盗んだり、違法なモノの売り子をしたり……こんな人間であったことが少女らにバレると、『処刑』の対象にされるかもしれない。モヤモヤしてザワザワして、落ち着かない。

そうしているうちに、いつのまにやら少女らはターゲットを見つけたようだ。泥酔した汚らしい老年の男と何やら話している。要約すると、セックスをしたいならついてこい、だ。

（あいつ、殺されるのか）

確かにその男は『善人』にはとても見えない。みすぼらしく、子供と『やりたがる』ような男だ。もともとは子供に性的な話題をふって下劣ないやがらせをするつもりだったが、存外に子供達が乗り気であり、ニヤついている。そんな男だった。

（……別に、放っておいていいじゃんか）

あの男は他人だ、生きようが死のうがノゾミの人生に関わることはないだろう。それよりも今後、ノゾミの住処となる場所での安寧が優先だ。だから……この男を、もうすぐ死ぬと分かっていても、見捨てるべきだ。ノゾミの中の理性が言う。数年程度なれど弱肉強食の最底辺で生き延びてきたノゾミの中のノゾミが、そう言っている。

（そーだよ……あたし悪くない……）

きゅっと拳を握り込む。そして無意識で中空を探っていた――いつもシエンのマントを摑んでいた手。でも、もう、シエンは隣にいてくれない。助言して、教育して、導いてはくれない。

（シエンならどうするんだろ……）

たった今日、別れたばかりなのに、もう数年も会っていないような感覚だ。眩い白銀の騎士を思い返す。犯してもいない罪で殺されそうになっていたノゾミを、「それは間違っているから」と助け出してくれたシエン。彼ならどうしただろう、シエンならなんて言うんだろう、あの騎士なら、多分きっと――

「なあ、あんた、家に帰った方がいいぞ。あんた殺される」

口を衝いて出た言葉は、ほとんど衝動的だった。ノゾミは自分でも驚いていた。

「……あ？」

男が顔をしかめて振り返る。少女達も目を丸くして、それから眉根を寄せてノゾミを睨んだ。「何言ってんだコイツ」「何を言っているの」、男と少女らの声が概ね重なる。

「う、」

ノゾミはたじろいだ。なんてことを言ってしまったんだ。でも。あのまま黙殺をしたら、きっともう、二度とシエンに顔向けできないような、シエンに失望されるような、シエンとの日々を裏切るような、そんな気がしたのだ。

少女達はヒソヒソ何か話し合うと、素早くノゾミを取り囲んだ。

「こいつ人狼よ！」

「人狼は嘘つきなんだから！」

「ほら！　この耳を見て！」

残酷な手が、ノゾミのボンネットを引き剝がして奪った。狼の耳が露になる。

「人狼に脅されてたの！」

「ねえ助けて！」

「こいつは怪物よ！」

ノゾミは突き飛ばされて前のめりに転倒した。奇しくも狼のように四つ足。雲間から射し込む月の光が項垂《うなだ》れる少女を照らす。男がノゾミの正体を知り「ひいっ」と息を引きつらせ、少女らはノゾミを蹴り飛ばそうとした。だがそんなことよりも、ノゾミの目を爛々とさせたのは。

「返せ……返せっ！　それ、シエンがあたしに買ってくれたんだ！」

リボンのついたボンネット。シンプルな女児用のものである。だが、世界で数少ないノゾミの所有物で、シエンとの思い出だった。とびかかるように、ボンネットを奪った犯人《バボ》の手へと手を伸ばす。バボは咄嗟に回避したけれど——

「痛っ……え、あ？　うそ、なにこれ」

　前腕部の内側が、まるでナイフで切られたかのように、ぱっくりと裂けていた。たら、と鮮血が流れる。誰もがノゾミの方を見た。月の光を——満月を浴びて——ノゾミの手は、恐ろしい獣のモノへと変貌していた。光を返さない真っ黒い毛が前腕から先を覆い、指からはナイフのような鉤爪が飛び出していて……。

「きゃあああああああああああああ！」

　少女達の金切り声。蜘蛛の子を散らすように走る。男もまた歯の根を鳴らして後退し、背中を向けて走り出した。

「人狼だあーーーーッ！　人狼が出たぞおおおおーーーーーーッ‼」

——違う。そんなつもりじゃ。

　ノゾミは立ち尽くし、走り去る者らを呆然と見つめる。両掌を見た。恐ろしい、獣のそれだ。

「あ……あ……う、うぅうううう！」

　何かが込み上げてくる。ノゾミはうずくまり、身体を抱え——そして黒い毛皮は、ざわざわと、少女の身体を覆っていく。買ってもらった靴を内側から引き裂いて、足の指からも鉤爪が生えた。鼻が伸びて口が裂け、鋭い牙が突き出る。盛り上がる身体に服も裂けて、変貌は止められない。満月の光は人狼の力を強烈にする。大人しくしていればまだ制御も叶うが、激しい怒りや恐怖の感情がノゾミの肉体から『抑制』を奪った。力の解放を、止められなかった。

「う、ヴぅう……！」

もはや、そこにいたのは一匹の狼。幼体でも大型犬より大きい。成体ともなれば虎ほどになる。恐ろしい獣の姿に、ノゾミの面影はない。黒い耳が人間達の悲鳴を拾う。

――湧き上がるのは、悲鳴の『出所』に食らい付いて食い千切って血と肉を貪りたい衝動。自分の爪を見る。少女の血がついていた。ざわっ、と人狼の本能が膨れ上がる。

血を舐めたい――もっと言うなら、あの少女の柔らかそうな肉に噛みつきたい――華奢《きゃしゃ》な骨を噛み砕いて、悲鳴をあげる肉を振り回したい――そう思った瞬間、足元に落ちているボンネットが赤い瞳にはたと留まった。

（シエン……）

会いたい。お別れしたくない。たとえ彼の旅路で自分が邪魔者だとしても。もう一度会いたい。お話をたくさんして欲しい。手を握って欲しい。撫でて欲しい。大丈夫ですよと言って欲しい。抱き締めて欲しい。――助けて欲しい。その抑えきれない感情は、人狼の真の姿に変貌したからか。ひとつ、確かな感情がノゾミの胸を占めた。

――この町にはいられない。

ノゾミは唯一残ったボンネットを咥《くわ》えて拾った。そして顔を上げ――そこに、イブルがいることに気付く。少女らの悲鳴を聞きつけたのか。ただそこに立っているだけ――静かに、厳かに、しかし処刑から救ってくれたシエンのような神聖さと威風はない。番人か、処刑人のような、断頭台の刃のような、冷たく無機質に『そこに在る』。微動だにしない彼に動作を与えるのは、夜風が揺らす襤褸の外套だけだ。威圧感とプレッシャーが凄まじい。狼は本能的に毛を逆立てて後ずさった。その間にも、遠くから人々の狂乱した声が聞こえてくる。

『幸せ』な白昼夢を見ているイブルには、目の前のノゾミは家族を脅かす怪物に見えていた。人狼や魔物の兵士は、かつての大戦でよく使われた生物兵器だった。戦争末期ともなれば幼体の人狼も最前線に送り込まれていたものだ。イブルは知っている。そういった生物兵器は脳に術式や魔法を施されて、死ぬまで戦い続ける恐ろしい『兵器』であることを。

イブルの目の前にノイズが走り、揺らぐ。混濁する。故郷の風景は、人狼を見たことで、そして周囲から聞こえてくる狂騒の悲鳴によって、荒涼と土煙の吹く戦場の風景へと変貌していた。銃声。爆発音。幻聴。今、彼は、全ての敵を粛清する兵士として、戦場に立っていた――。

「イブル、おまえ、あいつらのオモチャにされてるぞ」

後ずさりながらノゾミは震え声で言う。

「おまえが夜になるとおかしくなるのを知ってて、あいつら、自分の思い通りにおまえに命令してるんだ」

その言葉に――返答はなかった。騎士の掌がかざされ、光が集まり、剣となる。ノゾミは、同じ魔法をシエンが用いているのを見たことがあった。イブルが用いていた、あの消滅させる光の魔法は、魔法に少しでも耐性のある存在――人狼や魔物や魔法使いには通用しない。また、有効射程距離はかなりの至近距離である。よって、騎士は『生物兵器の粛清』に馴染んだ武器を選んだのだ。

「っ、ぐ」

ノゾミは彼ら騎士が不死であることを知っている。挑んだところで勝ち目はない。そもそもノゾミは戦い方なんて知らない。尻尾を内巻きに耳を伏せ、じりじりと下がり続け――「人狼だ！　人狼が出た！」――そんな声がほど近い場所で聞こえたのをきっかけに、一気に逃げるように走り出した。

四つの脚で疾駆する黒い獣は、矢のように速い。かつてない速度、風が耳を切っていく。夜闇に乗じる。なんら地理を把握していない路地を行き当たりばったりにぐね駆け抜け、はたまた壁を蹴って駆けのぼり、屋根から屋根へと跳んだ。狼に変身したことでますます研ぎ澄まされた耳が、常に喧騒と怒号を拾い上げて、脳が『騒音』に揺れる。鼻もたくさんの人間の存在を嗅ぎ取った。膨大で詳細な人間のにおいが、狼を恐怖に駆り立てる。自分の身体能力に感心している暇など、少女にはなかった。

——シエンとの別れは辛くて悲しくて嫌だったけれど。受け入れてくれるかも、新しい居場所になるのかも、平穏に暮らせるのかも……そんな淡い期待は、ゼロではなかった。イブル、そして少女らと、新しく家族になれると……信じていた。やっぱり、自分は誰かと家族にはなれないのだ。ノゾミの胸を、悲しい結論が貫いた。独りなんだ。「自分はここにいてはいけないのだ」。居場所なんて、ないのだ。

——悪いことをした記憶はない。

処刑されそうになっていた日を思い出した。あの時の恐怖で体が震え、息がしにくくなる。どうして、ただ一生懸命に生きてきただけで、こうも悪者扱いされねばならないのか。まるで生まれてきたことが、生きていることが、存在が罪であるかのように。

——じゃあ全てに牙を剝いて嚙みついて血祭りにあげて、復讐してやるか？

——あたしはこんなにも苦しかった辛かったと、八つ当たりをしてやるか？

ノゾミは足を止めそうになった。だが、それでもなお、彼女を突き動かすのは、もう一度だけシエンに会いたいという、迷子が親を捜すような、どうしようもなく切ない感情だったのだ。

屋根伝いに、塀を飛び越え、町の外へ。ふと——たくさんの足跡のにおいの中、覚えのあるにおいを感じ取った。シエンの足跡。においという形が、ノゾミには『見える』。人の姿の時よりも鮮明に、明確に。

（シエン――シエン、シエン、シエン！）

狼は駆ける。満月の夜の下。あの時、あんなに美しいと感じた夜空がどこまでも残酷に広がっている。あの時、あんなにも好奇心が惹かれた廃墟や瓦礫が通り過ぎていく。夜の風がシエンのにおいを運んでくれる。夜露に濡れた土と草が、彼の足取りを指し示している。見える。分かる。感じる。土のにおい。草のにおい。世界のレイヤーはこんなにも多重だったのか。

ノゾミは走り続けた。月と星が夜をぐるりと巡っていく中、片時も休むこともせず、無茶なまでの全力疾走で。体中が痛い。肺と喉が熱くて痛い。全身の筋肉が痛い。手の裏も足の裏も切れて擦れて血が滲んで、地を蹴る度に棘《とげ》を踏んだかのようにズキッと痛んだ。肉体はとっくに限界を超えていた。それでも走る。筋繊維が千切れる。筋が痛む。関節が痛む。苦しい。痛い。でも、走った。走り続けた。

――どれだけ走っただろう。

小高い丘を駆け上った。今にも倒れてしまいそうだった。疲労で霞む目で見渡す。

においは近くなっていた。

かくして——……彼はいた。この暗い夜の中、一番星のように、月に煌めく白銀の鎧。見間違えるはずもない。ノゾミは目を見開いた。

「ウォオオオーーーーーン……」

もはや人の言葉すら忘れ、ノゾミは遠吠えをしていた。まだ子供の、高い声だった。その喜びと悲しみを孕《はら》んだ獣の声に、シエンは振り返る。そしてノゾミの姿を認め、驚きに包まれた。

「ノゾミ！」

その声を聴いて、ノゾミは全てが報われたような気がした。ああ、こんな姿でも、『ノゾミ』だと分かってくれるのか。その瞬間、ノゾミは全ての糸が切れ、どしゃりと倒れ込んだ——。

●

ふっと——狼少女が目覚めれば、暗く冷たい天井が見えた。

夢を見ていたんだろうか。どこからどこまでが夢だった？　ぼうっと、瞬きを繰り返す。そうして気付くのは、身体の痛みが一切ないことだった。身体を酷使し続けて、臓器も筋肉も、全てが痛かったというのに。手足の裏なんか無惨にも皮膚がなくなっていたのに。

やはり、何もかも夢だったんだろうか。嫌な夢だったんだろうか。そう思って何気なく胸の上に手を置くと、牙の形に穴が開いたボンネットがあって——狼少女の意識は急速に現実に引き戻される。

「ッ！」

跳び起きた。かけられていた毛布が落ちる。身体には簡素なワンピースが着せられていた。見回せば、ここはどこぞの廃屋の中のようだった。そしていいにおいがする——小さな焚火と小さな鍋で、何か料理を作っているあの鎧男の姿があった。

「シエンっ！」

ノゾミの姿は少女の形に戻っていた。

「おはよう。痛いところはありませんか？」

男の声は静かで、穏やかで、かつて断頭台で聞いた時と同じ声音だった。野営用の折り畳み椅子に腰かけ、優雅に鍋を混ぜている。ああ、シエンだ——ノゾミは大きな鎧に跳びついて、抱き着いた。

「シエン～～～～～っっ……！」

とうとう、涙がボロボロこぼれてきた。言いたいこと、話さなくちゃいけないこと、たくさんあるのにどれも言葉にならない。わあわあ泣いて、爪を立てるぐらいシエンにしがみついて、ノゾミは号泣した。人生で一番、泣いた瞬間だった。

「ノゾミ……、大丈夫、大丈夫ですよ」

理由を急かすことはなく、シエンはただ、少女を優しく抱き締め返した。子供体温の温かな背中を、鎧の自分にはないぬくもりを、ぽんぽんと掌であやしてやる。その安心が、更にノゾミに涙をもたらした。

そうして、長い長い時間泣いて、ようやっとノゾミの涙は収まってきた。

すんすんと鼻を鳴らしつつ、ノゾミは経緯を説明する。あの夜のこと。少女達の悪辣。イブルの狂気。自分が人狼へと変貌してしまったこと。逃げてきたこと。ただ、シエンに会いたかったこと。嗚咽交じりのその言葉を、シエンは静かに聴いていた。

「そうですか」

言葉が終わったことを確認したシエンは、ノゾミの頭を優しく撫でた。

「……申し訳ございません。私の判断のせいで、きみを苦しめてしまいましたね」

満月の夜に人狼の力が活性化することは知っていた。だからこそ、安全な屋根の下で月光を浴びないような状況にあったならば、不測の事態も防げるだろう。また、イブルに関しても錆が気になったが受け答えはしっかりできていた。子供も傍において育てていた。子供達も身なりが綺麗で健康的。外傷を負っていたりビクビクしてもいなかった。彼らの『家』も綺麗で豊かで、普通に、大切に、育てられていることが分かった。ここならばきっと大丈夫だろう……シエンはそう思っていたのだ。けれど。それらが全て誤算であったことを、シエンは痛感する。そのことで、ノゾミの心を深く傷つけてしまったことを苦しいほど悔いた。

「数日、様子を見るべきでしたね。……浅慮でした」

「ちがう！」

ノゾミは勢いよく顔を上げ、泣き腫らした目でシエンを見据えた。

「シエンに謝って欲しかったんじゃない！　シエンに怒ってるんじゃないっ！　ああああ〜〜〜〜ん！」

折角泣き止みかけていたのに、また決壊してしまった。跳びついてくるから、シエンはその小さな体を受け止めた。

治療する前、ノゾミは体中ボロボロになっていた。身体にどれほどの無理をさせて、どんな想いを抱いて、シエンを追いかけてきたのだろう。その事実が何よりも雄弁だった。昨夜、シエンは少女の小さな胸中を慮《おもんぱか》りながら、何度も詫びながら、気を失った少女の身体を魔法で治療したのだ。

この子は健気で、一途な子だ。いや、今まで縋るものがなかったからこそ、初めての許容と肯定に依存し執着してしまうのか。シエンはノゾミの頭を撫でながら思う。

もし、ここで己までもが彼女を突き放せば、この子は絶望に呑まれてしまうだろう。本当なら、依存や執着など抱いて欲しくはなかった。イブルのもと、あの子供達と共に、健やかに成長して欲しかった。ノゾミをここまで追い詰めたのは自分にも責任がある。

そして——果たさなければならない『責任』が、もうひとつ。

「……イブルは壊れてしまったのですね」

深く深く、兜の中で溜め息の真似事。実際に吐息がこぼれることはなく。

「ノゾミ。私は今一度、町へ戻りイブルと会わねばなりません」

「……なんで。危ないよ」

鼻をすすりつつ、顔を上げたノゾミの獣耳は伏せられている。

「イブルと喧嘩するの？」

「……そうですね。ある意味、喧嘩なのでしょう」

シエンの声は優しく、毅然として、そして悲しげだった。

「このままイブルを放置しておけば、彼は多くの民を殺めることでしょう。完全に精神崩壊してしまえば……それこそ……あの町が滅亡しかねません。私は神聖不滅騎士の長として、彼を止める責任があります」

「止める……、殺すの？」

シエンは静かに頷いた。

「でも、どうやって？　イブル、シエンみたいに死なないんでしょ」

「ひとつだけ。たったひとつだけ、不滅の我々が死ねる手段があります」

難しい言葉を使っても分からないだろうから、騎士は簡単に嚙み砕いてこう言った。

「私達は……心が完全に壊れ、自分が自分でなくなった時、怪物に成り果てます。その時にだけ、通用する魔法があるのですよ」

「……、」

死にたいなら怪物になれば死ねるじゃないか、わざわざ地獄を探さなくても──そう言いかけて、シエンの言った「自分が自分でなくなった時」という言葉を反芻《はんすう》する。自分が自分でなくなる感覚。それをノゾミは知っている。狼の姿となった時、心の深い場所から湧き上がってきた衝動──人間を血祭りにあげて喰らいたい暴力的な欲求──あれに飲み込まれ、塗り潰されることを想像した。ゾッとする。ノゾミとして生きてきたこれまでの人格、記憶、感情、全てが消えてなくなるのだ。それはとてもとても恐ろしいことに感じた。だからシエンは「死にたい」のだ。ようやっと理解する。苦しんで苦しんで狂って壊れて自分でなくなった末に死ぬぐらいなら、綺麗に自分のままで終わりたいのだ。ノゾミはシエンに、一歩だけ近付けた気がした。小さな手で、マントを摑む。

「ねえ、……あたしのこと置いてく？」

俯いて、問いかける。「危ないからついてくるな」と言われると思っている。シエンはノゾミの予想通りの言葉を口にしようとしたが――その前に、ノゾミが言葉を続ける。

「ねえ、シエン、あたし、どうすればあの町でいいこでいられたんだろ」

視線が彷徨う。嘘も正直も全部飲み込んで、いいこにしていれば、こんなことにはならなかったんだろうか。そのことを拙《つたな》い言葉でどうにか伝える。

騎士は静かに答えた。

「……、嘘はいけないと、きみに話したことを覚えていますか？」

「え？　あ……うん」

「きみは――自分の心に嘘を吐くことがとてもとても苦しいと感じた。そうですね？」

「……うん」

「ならば、それでいいのです。きみの心の命を護る為の選択を、きみはしたのです」

体にも、心にも、命は宿る。心だけ生きていても体が死んでいれば、体だけ生きていても心が死んでいれば、『生きる』は成立しない。シエンはそう説く。ノゾミは悪くないのだ、と言う。

ノゾミは目を丸くして、泣きそうに細くして、それから再びシエンにしがみついて、顔をうずめた。

「シエンについてく。イブル殺すの手伝う。その先にもついてく。どこまでもついてく。いっしょがいい。……あたし何もできないけど、置いてかれる方がイヤ。邪魔しないから。絶対。いいこにしてるから」

「……。危険ですよ。命の保証はできませんよ」

「あたし人狼だ。どうせ、どこで息してたって、危ない。みんな敵だ。……シエンは敵じゃないけど」

「ノゾミ……、」

「飴も、クッキーも、ふかふかベッドも、服も、靴も、……家族も、もう全部要らない。なくっていい。シエン『幸せになれ』って言ったけど、あたし幸せになれなくていい。だけどひとりぼっちはイヤ！　もうサヨナラって言わないで！　要らないって言わないで！」

どこまでも悲痛な、剝き出しの心の叫びだった。人狼として世界には敵しかおらず、居場所もないノゾミにとって、もう唯一無二の味方はシエンしかいなかった。少女は、『少女』だった。一人で自立して生きていける大人ではなく、心も成熟しておらず、弱く、幼く、脆く、儚かった。――ひとりでは、生きていけない存在だった。

シエンは――片膝を突いて、少女と目線を合わせた。暗い兜の奥から。

「私は死にに逝《行》くのですよ。いつかお別れが訪れます。この世界に永遠はありません。ずっとは、一緒にいられません。それでもいいんですか？」

「じゃあ、あたしも一緒に死んであげる。終わりが一緒なら、それは『ずっと』でしょ」


――「一緒に地獄に落ちてあげる」、狼少女はそう言った。


嗚呼。どこかの寓話の、狼少年だったなら、この言葉は『嘘』なのに。けれど狼少年が最後は本当を言ったように。彼女の言葉は、どこまでも透明な『本当』だった。

（否定しなければならない、私は大人として、騎士として、人間として）

シエンに顔があったなら、唇を嚙み締めていたことだろう。心に装塡された言葉はこうだ。

「そんなことを言ってはいけません、子供のきみにはどこまでも未来と選択肢と可能性が広がっていて。それを選ぶ権利がきみにはあって。生きていることは尊い、全ては生きてこそだ、生きていなければならないのだ。確かに人狼という難しい立場ではあるけれど、その中でも普通に、幸せに、生きることだって、――……」

（私は、この少女に自分の叶わぬ願望を押し付けているだけではないか？）

普通に、幸せに、生きたいのは、本当は自分だった。ノゾミを通して自分を見て、道徳や一般論を盾にして、精神的な自慰をしているだけにすぎない己に、シエンは気付いた。

（ああ、私は弱い。なんと弱い）

目の前の子供一人に、正しさを示すことすらできないでいる。だけど――シエンは大人で、老獪《ろうかい》で、そして、とても、狡かった。

「ありがとう」

いいよ、も、だめだよ、も、言わないまま。それは最も取ってはならない、卑怯な選択肢。逃げた自分を自覚しながら、ノゾミの頭を優しく撫でた。

少女はその言葉を了承と取った。取ってしまった。「それは了承なのか拒絶なのか」と追及できるほど、彼女の頭は良くなかった。ただ、嬉しかったのだ。小さな命が、冷たい大きな体に抱き着く。ぐりぐり額を押し付けて、黒い尻尾をぶんぶん振って、喉を鳴らして、無垢に健気に、魂で肉体で喜びを表現していた。

ふとシエンは、鍋のスープが煮立っていることに気付く。少女を抱き返しながら、そっと魔法の火を消した。

何はともあれ腹ごしらえ。朝食は胡椒《こしょう》がまぶされた干し肉と野草のスープ。携帯用の堅パン。

ノゾミが倒れて眠っている間、目覚める少し前の朝のこと、幸運にも行商人が通りかかったのだ。町からそう離れていなかったからか。シエンはそこで食材と、服のない少女の為の服を買った。少しサイズが大きかったが、仕方ない。本当は靴も買ってやりたかったのだが。

「……いろいろ破いちゃってごめん」

廃墟の一階は一角がほぼ半壊していた。朝日が射し込んでいる。ノゾミは小さく座って、スプーンでちまちまスープを飲んでいた。言及したのは服や靴のことだ。

「仕方ありませんよ。形あるものはいつか壊れるさだめです」

シエンの大きな手の中には、ノゾミの小さなボンネット。狼が一夜中噛み締めていたから、牙の穴がぷつぷつ空いている。「これはすごくだいじ」とノゾミはずっとそれを握りしめていた。服も靴も壊れてしまって、唯一残った物なのだ。「でも穴あいた」と、それはもう悲愴にしおしおしていたのだ。ので、シエンは繕ってあげることにした。

ちょうど『妖精の裁縫箱』が咲いていた――アイボリー色の、小さくてふくふくとした雲のような花に、茎には長く硬く細い棘。この棘を抜いて、別の棘で根本に穴を開けて、花を揉んで摘まんで引っ張ると、一本の糸がぴーっと伸びた。一つの花から得られる糸がそんなに長くないので大規模な裁縫には向いていないが、ちょっとしたほつれなら応急処置として直すことのできるこの植物は、旅人には重宝されている。子供がお裁縫ごっこで遊んだりもする。……ノゾミはしたことなかったが。

ガントレットの武骨な指がなんとも器用に糸と針を繰り、ボンネットの穴を塞いでいく。ノゾミはスープを飲みながら上目に見ている。

「お口に合いますか」

「……おいしい」

「そうですか」

スープは胡椒がピリリと利いて、味全体を引き締める。干し肉と野草の出汁がうまい。野草は葉っぱだけでなく、なにか生成《きな》りの根っこが刻まれて入っていた。これがほくほくと柔らかい。はふ、と息を吐けば湯気が立ち上った。ノゾミは唇を舐めてから、ビスケットの親玉のような堅パンをスープに浸すと、その頑強な牙でバリバリ噛み砕く。ゴリゴリ奥歯で噛み締める。堅いものを噛み砕いて噛み締めると、「食べている、生きている」という原始的な心地がする。

「ごちそうさまでした」

食べ物を目の前に出されたら野良犬のようにがっついていた少女だが、とうとう食前と食後の挨拶を覚えた。器も鍋も空になっていた。おかわりを何回もした。昨夜、イブルの家で食べた「おいしかった」しか感じられなかった食事とは、やっぱり、違う、とノゾミは感じた。おなかだけでなく、心まで満ちるような心地がした。昨夜からずっと張りつめていた気がようやっと抜けたような――ふうう、と長い息を吐く。

「ほら、直りましたよ」

そんなノゾミへ差し出されるのは、修復が終わったボンネット。ノゾミの耳がピッと立った。

「穴きえた!!　魔法⁉」

「お裁縫ですよ」

「オサイホっていう魔法⁉」

「魔法ではないですね」

「はえ～……」

ノゾミは目を輝かせて、両手で掲げたボンネットを眺める。それから、いそいそとそれを被った。リボン結びはできないから固結びである。

「……お耳が窮屈で嫌だと言っていませんでした？」

人目がないから、別に脱いだままでもいいのに。シエンのきょとんとした言葉に、ノゾミはフンと鼻を鳴らした。

「わかってないな……」

「……ふふ。それはそれは。失礼しました」

少女の手が結んだ拙い結びを、リボン結びにしてやった。高さの違う目線が合う。これからシエンは、永い時を共に過ごした仲間を殺しにいく。それについていくノゾミは、もしかしたら命を落とすかもしれない。それでも、その瞬間は、確かに平穏だった。現実逃避ではないはずなのに、不思議と二人はとても心が安らかであった。

●

ノゾミが昨晩に走り抜けた道を、歩いていく。人狼が足から血を流すほどの速さで駆けた道を歩くとなると、なかなかの距離だ。

町へ向かう道中、シエンが出会った行商人一行が町の方角から歩いてくるのが見えた。馬が曳《ひ》く荷車と数人。誰もが物々しく武装しているのは、道中で魔物や野盗に襲われる危険があるからだ。……そんな武装した彼らが、蒼い顔をしてどこか急いだ様子である。

「ああ――あんた、こないだの」

シエンの姿を認めた一人が、蒼い顔を苦くした。

「あの町に行くのか？　行かない方がいい」

「というと？」

「地獄絵図だ……みんな死んでる。ありゃ魔物の襲撃だろうな」

大きな町だというのに、妙に静かだからと遠眼鏡で様子を見れば、そこには惨劇が広がっていた。目視した範囲で生存者なし。吐き気を催すほどの残酷さ。行商人らは慌てて引き返してきたところだとシエンに説明した。

「あんなに大きな町がこっぴどくやられるなんて……よほどの魔物の群れか、とんでもない化け物の仕業か……」

「行商を長くやってれば、魔物に襲われた村を幾つか目にすることもあるが、今までのどんな被害よりえげつねえ」

行商人らは口を揃え、今一度、「あの町に近寄らない方がいい」と忠告し、歩を進めていった。

それを見送り――……シエンは再び、町へと歩き始める。そのマントの中には、ノゾミが震えて俯いていた。

「イブルだ」

少女は身体から体温が遠のいていくような心地を覚えた。

「あ、あ、あたしが人狼だって、分かって、もっとおかしくなった？　怒った？　あたしのせい？　あたしが悪いの？」

あの時、少女らの悪辣な『処刑遊び』に異議を唱えたのは、目の前の人間の命ひとつを助けたかったからで。なのに、そのせいで、町の人間の全てが――犠牲になった？悪いことをするつもりじゃなかった。むしろ、ノゾミの中では善にあたる行為をしたはずだった。シエンのように誰かを助けてみたかった。生まれて初めて抱く罪の意識が少女を焼いた。処刑されかけた時、イブルと対峙した時とはまた異なる恐怖が、肺から呼吸を奪っていく。

「つらければ、ここで待っていてかまいませんよ」

シエンが言う。しかし、少女は彼の腰に額を押し付けて首を左右に振った。

「一緒に行くって言った」

「……そうですか。だっこしますか？」

「ウン」

シエンがしゃがむ。少女がぴょっと抱き着く。兜の頭に細い両腕を回した。冷たい金属。

「きみは何も悪くない」

優しい掌が、少女の背をさする。

「でも……」

「きみに悪意はなかった。そうでしょう?」

「……うん」

「それに……実際に『手を下した』のはきみではないのです。きみは一生懸命に、自分のなすべきことを全うしようと努力した。それは褒められるべきですよ」

何が正しいのかそうでないのか、ノゾミには分からない。だけど、シエンが自分を慰めようとしてくれている優しさは、真実だった。少しだけ気分が落ち着いた。少女は騎士に、気になっていたことを問いかける。

「シエン……あの、さ……」

「はい?」

「シエンが壊れちゃったら……誰が殺す魔法使えるの?」

「──、」

ノゾミには話していないが、シエンを除けばイブルが『神聖不滅騎士の最後の一人』だった。だから、イブルがいなくなれば……シエンを殺せる魔法を使える者は、この世界から消滅する。

「大丈夫ですよ、いつか私は地獄に至れるのですから」

心配させまいと彼は言った。少女の腕の力が、少しだけ強くなった。

二人は誰もいない道を歩いていく。

……たくさんの廃墟がひしめく町の姿が見えてきた頃、ノゾミの鼻を突いたのは血と死のにおいだった。これだけ離れてこんなに濃いにおいなら、いったい現地はどれほど酸鼻を極める惨状なのか。怖い。だけど。でも。ノゾミはシエンにしがみつく。

会話はない、シエンの足音だけが荒れ果てた街道を進んでいる。町がどんどん大きくなっていく。

そして――辿り着いた。

そこはとても静かだった。

乾いた赤黒い血が、辺り一面を染めていた。

温度を失った肉が、至る所に転がっていた。

数多の蝿の羽音が、風の中で渦巻いていた。

「う――」

ノゾミは人の死を見るのは初めてではない。『家族』が手を引くから罪人の公開処刑を見に行ったこともある。路上で冷たくなっている人間を見たこともある。だけど。こんなにも大量の人間が殺害されて転がっているのを見るのは、初めてだった。いずれも鋭利な刃物で切り裂かれた傷を負っていた。

脳まで蝕むほどの、血のにおい。少女は口を押さえた。気持ちが悪い、はずなのに、ノゾミの中の狼の部分が、血のにおいに悦《よろこ》んでいるのだ。血のにおいよりも、ノゾミには自分の獣の部分の方がおぞましかった。シエンに「きみは何も悪くない」と言われたけれど、やはり、この原因を担ったことは、ノゾミに重く重くのしかかる。血への愉悦が、その罪咎《ざいきゅう》をいっそう心に食い込ませた。

「……ノゾミ、大丈夫ですか？」

「大丈夫」

強がりを言う。呼吸を整える。ここまで来て逃げることは、いけないことだと感じた。それは罪悪感に対して罰を求める心情。それでも、まだ少女の心は弱いから、骸の顔を直視することはできなかった。

――来た時はあんなにも賑やかだった大通り。真ん中を歩いていく。夜の店仕舞いのまま、時は止まっている。それから少しずつ大通りから逸れていき、飴を食べながら歩いた道を通り抜けて……あの、かつて学校だったと思しき廃墟に到着する。

あの時と光景は変わらない。周囲の雑草は短く刈られ、花壇や家庭菜園がなされており、洗濯物が干されている。ただ、あの時のように少女らが窓から顔を覗かせることはなかった。

「イブル。いますね」

立ち止まったシエンが呼びかける。——足音。重く、引きずるような。シエンの手が、ノゾミに下がるよう指示した。頷いて、少女は後ずさる。そして、扉が軋みながら開いた。錆び付いた騎士が、返り血まみれでそこに立っていた。

●

——あの日の夜、ノゾミが逃げ出してからのこと。

イブルは『生物兵器の人狼』を追わんとする。直後、そこに現れたのは何か叫んでいる数多の人間。何を言っているのか分からないので、イブルはそれが「異国《敵国》の言葉」なのだと判断した。彼らは光の剣を持つイブルを、そして輝きを取り戻した外套の紋章を見てまた何か口走るが、既にイブルの目に彼らは『敵兵』として認識されていた。家族を殺し、故郷を壊した、憎くて憎くて堪らない怨敵であった。

敵兵が逃げ惑う。追いかける。斬り捨てる。イブルの胸には大義があった。御光を拒む異教徒共。光の下に平等なのだから、共に一つにならんと手を差し伸べる神聖帝国に牙を剝いた、愚か者共。輝ける信念を邪教などと謗《そし》る異教徒共。その果てに、何の罪もない神聖帝国の民らを殺し尽くした虐殺者共。怒りがイブルの狂気を加速させていく。転がり始めれば、あとは速度を上げて落ちていくだけ。錆が鎧を蝕んでいく。赤錆びた体を、深紅の血が上書きしていく。

「どれだけ敵を粛清すれば、俺は家に帰れますか？　いつか家族に会えますか？」

叫びに答えはない。もう顔も思い出せない。声も思い出せない。風景も思い出せない。風の香りも思い出せない。劣化していく。永い時に劣化していく。記憶の中で、家族が、祖国が、もう一度死んでいく。

――悪いことをした記憶はない。

正しいことをしていたはずなのに。御光に全て祝福されているはずなのに。何が。どこで。どうして。なぜ。間違えていたのだろうか？

……とても静かだ。

イブルは空を見た。東の空が赤く染まり、夜を紫と青と橙に変えながら、地表を突き破って太陽が現れ、騎士の身体を照らしていた。切り伏せられた『敵』の骸を露にしていた。なんて美しい光景なのだろう。これぞ御光の加護なのだ。敬虔《けいけん》な騎士は膝を突き、手を組み、感謝の祝詞《のりと》を暁に捧げた。家に帰ろう。家族が待ってる。食卓を囲んで温かい食事をとろう。劣化しきって全て思い出せなくなる前に。

イブルは『帰路』に就く。『自宅』へと帰る。白昼夢は続いている。彼の目には、廃墟の学校は美しい邸宅に見えていた。娘達と妻の名前を呼ぼうとする。奇妙な呻き声だけが出た。本人はその言葉になっていない不気味な呻きを、きちんと発音できているる固有名詞だと思い込んでいた。返事は聞こえなかった。でも、イブルは『自宅』に家族が皆いることを『分かって』いた。食卓に座る。彼だけに見える料理を、彼だけに見える家族と食べる。談笑をしながら。窓からはきらきら輝く朝日が見えた。子供達の笑い声が彼には聞こえている。もう二度と覚めない夢の中、イブルは自分が鎧でなく肉の身体をしていることに気付いた。なーんだ。じゃあ、もう身体が錆びて心が壊れる心配はないじゃないか。よかった。よかった。家族もいる、祖国も平和だ、御光よ、感謝致します。

「――イブル。――ね」

外から声が聞こえた。シエン団長の声だ。イブルは扉を開けた。そこには恐ろしい人狼をつれたシエンがいた。

そして、時は現在に戻る。イブルを夢に残したまま。

●

「数多の罪なき民を殺めましたね、イブル。如何な事情があろうとも、決して赦されることではありませんよ」

シエンは咎《とが》める。イブルの浴びた血は、言い逃れなどできぬ罪の証であった。同時にシエンは理解している。『ここまで壊れてしまった』仲間には、もう言葉も理屈も通らないことを。話しかけることは無意味なのだ――しかし、それでも、言葉を投げかけずにいられないのは、未練なのだろう。

シエンの言葉に対し、イブルは光の剣を振り上げることを返答とした。

「……そうですか」

全ての感情を、シエンは手の中に作り出した光の剣に込めた。振り下ろされる一閃を流水のように往《い》なし払いのけ、そのまま肩からの突進でイブルを吹き飛ばす。重い衝撃に、錆びた騎士は背中から扉にぶつかると、木製の扉を粉砕しながら室内に倒れ込んだ。

「シエン！」

大きな音に逐一怯えながらも、ノゾミは白銀の背中へ呼びかけた。

「あたし……あいつら探してくる。イブルの子供！」

「……分かりました。お気を付けて」

不安ではある、しかしシエンはノゾミを信じることにした。

狼少女は走り出す。切り結ぶ音から遠ざかる。建物の入り口は他にもあるのを知っている。扉なくとも窓が開いていればそれでいい。かくしてノゾミは、開けられていた窓へぴょんと跳び、廊下へと首尾よく潜り込んだ。すんすんと辺りを嗅ぐ。あの少女三人のにおいを探す。見つけた。ベッドがあった子供部屋。ドアノブを握り回す、ガチャンと鍵が開門を拒む音。その音で、室内から「ひっ」と少女三人分の恐怖の声が聞こえた。

「モラン！　バボ！　ルル！　生きてるか！」

扉越しに呼びかければ、彼女らの恐怖に震えた声が返ってきた。

「あ、あなた、ノゾミちゃん？　どうしてここにいるの？」

「わっ……わたしたち、を、殺しにきたの？」

「ひいっ！　ひいいっ！　ゆるしてっ！　ゆるしてえっ！」

恐慌して引きつって裏返ったせいで、どれが誰の声なのか判別がつかない。ノゾミは開かれないドアを睨む。心中はとても一言では言い表せない。少女らの悪辣と傲慢、無邪気では許されぬ悪意、ノゾミへの仕打ち、その結果がもたらしたものを加味すれば、彼女らは赦し難い存在である。その気になればドアを無理矢理に破壊して、弱っちい少女三人なんて簡単に噛み殺してやれるけれど。しかし、生きていてよかった、という気持ちも同時に存在する。……あのまま死なれていたら、どうも、目覚めが悪い、そんな感じがしていた。

「謝って！」

ノゾミは吼えるように言い、パニックになっている声を黙らせる。

「あたし、おまえらと家族になれると思って、嬉しかった。だけど、おまえら、あたしにひどいことした。人狼のことバラした！　あたしすっごいイヤな気持ちになった！　怒ってるし悲しい！　謝って！」

「……謝ったら許してくれるの？」

おずおずとした問いに、ノゾミは溜め息のように吐き捨てた。

「わからん！　だけど……このままだと、なんか、気持ち悪いもん。おまえらがイブルに殺されるのもおんなじ」

ここに閉じこもっているということは、もうイブルは少女らの言いなりにならないのだろう。ノゾミはそのことを察しつつ、続けた。

「……もしかしたら、おまえらにごめんなさいされても許せないかもだけど、でも許せないからっておまえらを殺そうとか、噛んでやろうとかは思わない、から」

むしろ――変に暴力に手を染めて、人狼の衝動に飲み込まれるのが怖い。ノゾミの言葉は聖人めいた恩赦ではなく、自分を護る為だった。

扉からは沈黙。遠くで剣戟《けんげき》。

そして。

「……ごめんなさい……」

「ごめんなさい、ごめんなさい！」

「私達が悪かったわ！　こんなことになるなんて思わなかったの！」

少女達は――今までずっと、万能感と正義感に酔いしれていた。イブルというツールのおかげで。捨て子や被虐待児や浮浪児だった彼女らは、なんにもなくてカラッポで愚かで弱くて価値がないから。だからこそ、手にした『特別な力』と『自分達が一方的に定めた汚い悪への暴力』に依存した。「悪者の命を好きなように断罪できる自分達は誰よりも優れている」――そんな万能感を抱いていたのに、ノゾミに『唐突かれ』、強烈な不快感を抱いたのだ。なにせノゾミは人狼という、少女らとは異なる、特別な存在だった。新入り、イブルの知り合いが連れてきた不思議な子、と属性も多かった。少女らは自分達の『万能』『特別』が揺らいでしまう危機感に不安を覚えた――だがそれらを理論立って説明する冷静さも自己分析能力も知能もなく。

「お願い！　ひっ、ひっ、酷いことしないでください！」

「ごめんなさいぃいぃいいっ！」

「これからはいいこになります！　ごめんなさいいいっ！」

幼児退行めいて謝罪を繰り返す。なにせもう、彼女らには万能も特別もない、何もない。人々は殺し尽くされ、町は事実上滅亡し、二度と元のようには暮らせまい。子供だけでこの死屍累々の無人街を生き抜くことは絶望的だろう。ゆえに少女達は謝る。

もしかしたら助けてもらえるかもしれない、そんな一縷《いちる》の望みに縋る。罪悪感を直視するには、あまりに未熟で弱かった。

「――、」

ノゾミは呆気ない気持ちになった。あんなに、イブルを使って神か何かのように偉そうにして、人の命を奪っていた彼女らの失墜。「こんなものなのか」、という肩透かしのような虚無感。

(もっと……スカッとすると思ってたのに)

ざまあみろとか、いいきみだとか、もっと酷い目に遭えとか、そういう感情が不思議と湧いてこない。これは――憐憫《れんびん》だ。あまりに彼女らがちっぽけで弱っちかったから。

「わかった。……ここ開けて。あたしの鞄あるでしょ。それとりたい。……イブルはこっちに来ないから大丈夫」

長い溜息の後にそう言えば、わずかな後、開錠の音がした。おそるおそるとドアが開く。顔を真っ赤に泣き腫らした少女らが三人、怯えた目をして隙間から覗いていた。

「ごめんなさい、ごめんなさい、私達、」

「もういい。……今なら逃げれる。さっさと行っちまえ」

これ以上「ごめんなさい」を聞いても虚しいだけだった。

ノゾミの言葉に、少女達は自分の荷物を摑んで走り出していった。すぐに子供部屋は静かになる。ノゾミが使うはずだったベッドの傍には、シエンに買ってもらった鞄があった。そこには着替えが少しだけ入っている。ノゾミはその鞄を大切に背負った。最後に子供部屋に振り返る。家族になれるかもしれなかった存在と、家になるかもしれなかった部屋に、別れを告げる。

●

「このまま、いつか狂い果てて壊れ果てたら、己は怪物となってこの町の全てを蹂躙《じゅうりん》破壊するだろう」――かつてイブルはそう思っていた。錆びた手を見つめながら。「だから、早くこの町から去らねばならない」――そう思った。しかし『そう』しなかった。できなかった。「だって、子供達の面倒は誰が見る？」――言い訳だ。もう孤独に耐えきれないのだ。ふっと正気になった時、周りに誰もいないなんて、恐ろしくて堪らなかった。かといって、団長と共に死ぬ方法を探して見つからないだけの苦行を続けることにも、耐えられなかったのだ。ああ、ほとほと弱くて身勝手だ……イブルは自虐する。結局は、何もしないことが、現状に甘んじることが、楽だからと、愚かな怠惰に身を沈めた――なんという、救いようのない罪だろうか……。

——時折、ふっと理性と正気が浮上する度、イブルを焼くのは罪の意識と後悔だった。中途半端な正気が、抱えた狂気を育てていく。狭間こそが地獄であるかのように。

「どうして俺は団長と戦っている？」「俺が狂気に堕ちたからだ、罰せられるのだ」「殺されるのか？」「攻撃してくる、敵兵だ！」「祖国と家族を守らねば！」「戦いたくない」「死にたくない」「聖なるかな」「死ねば皆に会えるのか？」「ここで負けたら皆が死んでしまう！」「とうとう俺の番なのか？」「俺が死んだら誰が団長を殺せるんだ？」「団長なぜ俺に攻撃をするんですか裏切ったんですか」「そろそろ子供達にごはんを食べさせてあげないと」「どうして俺は団長と戦っている？」「御光よ我らを導きたもう」「もう許してください」「助けて」「ごめんなさい」「俺が悪かったです」「ゆるして」「お願いしますどうかどうか」

一体、何が正解だったのか。

永く永く信じ続けた正しさとは、空しい虚像にすぎなかったのか。

——ごぼ。ごぼ。

シエンと切り結び続ける錆びた騎士の、錆びた鎧の内側から、粘った音が響いた。膨れ上がる絶望は、とうとうイブルの全てを圧《お》し潰す。唐突に、イブルはその場に膝を突いた。ガクガクと痙攣し、剣も消え、自分の喉を掻き毟《むし》る——ごぼごぼ、ゴボゴボ、兜の隙間から、鎧の隙間から、溢れ出してくるのは、黒ずんだ肉の流体。

「イブル……」

シエンはこの『症状』を知っている。――自分達の末路の、その悲しき姿を。

――叫び声が、死人の街を劈《つんざ》いた。

かくして、そこにいたのは、もう錆びた鎧の騎士ではない。黒く歪《いびつ》な肉から成る、家ほどもある巨大な怪物。龍、あるいは獣、あるいは蟲《むし》。不定形に揺らめき、どのようにも見え、どのようにも見えない、何かのようで何物にもならない、なれない、それはイブルの不安と絶望と自我の崩壊の表れなのだろうか。痛みに悶える獣のように、イブルが肉体を暴れさせた。巨大な黒い腕が、イブルの『家』を、まるで積み木崩しのようにあっけないほど破壊する。瓦礫と窓ガラスが飛び散り、整えられた庭を、干されていた子供の服を、圧殺する。

建物内にはノゾミが――シエンは息を呑むと、直後に剣を振るった。撃ち出されるのは光の杭。それらが、イブルの黒い身体に立て続けに突き刺さり、動きを縫い留める。

「ノゾミ！　無事ですか！」

半壊した建物へシエンは目をやった。すると、違う方向から「シエン！」と声がした。見やれば、別の建物の屋根の上、ノゾミがいた。

「あいつら生きてた！　逃げろって言った！」

「……そうですか。よくやりました！　きみは勇敢です！」

あとは私に任せて、と態度で伝える。光の剣を槍に変えると、振り被り、縫い留められてもがいているイブルへと投擲《とうてき》した。流星のようなそれは、怪物の胸を貫く。白銀の炎がそこから燃え上がり、黒い身体を包み込んだ。イブルの絶叫が天を震わせる。剝き出しのイド、剝き出しの絶望、剝き出しの後悔。泣き叫んでいる。もう泣き叫んでいる理由すら、イブルには分からない。燃える手を天へと伸ばす――……。

感情の嵐そのものである音の暴力に、ノゾミは恐怖と共にたじろいだ。耳を伏せ、尻尾を内に巻いた。見開いた目を離せなかった。

（シエンも……いつか……こんなのになっちゃうのか……!?）

こんな、心の苦しみに苛まれ続ける、それでも死ねない、永遠という地獄にいたぶられ続ける、憐れでおぞましい化け物に。想像だけでノゾミの心は打ちひしがれ、その場にぺたんと膝を突いてしまった。

（そんなの……絶対にやだ……！）

悲しさと絶望の中、ノゾミの決意は固まった。

（あたし――絶対に――シエンを死なせてあげるんだ……！）

きっとそれが自分の生きている理由なのだ。本当は処刑されて死んでいた命なのだから。今はノゾミが物理的にできることは何もない。だからこそ、信じてここで待ち、彼の心に寄り添おう。恐怖に負けじと、ノゾミは現実を真っ向から直視する。これが、『今』なのだ。これが、現実なのだ。怖くて悲しくて切なくて、どれだけ涙が止まらなくても。

再び、イブルの絶叫。

杭と槍で縫い留められた身体を、怪物は肉が千切れるのも厭わず無理矢理に動かした。どれだけ身を裂かれて黒い血を流そうとも。そうして伸ばす腕で、浄化の魔法の為に魔力を練り始めていたシエンを質量に任せて殴り飛ばす。ただの人間だったならば、これだけで四肢がひしゃげ、肉と骨が木っ端に砕けて即死したことだろう。殴り飛ばされた鎧は建物の灰色の壁にぶつかり、壊し、瓦礫に埋もれる。そこに影が落ちた。イブルが手を振り上げて――雷鳴もかくやな凄まじい地響きを立て、何度も、何度も、巨大な黒い手は瓦礫ごとシエンを叩き続けた。

「シエンッ！」

彼が不死とは聞いているが、とても心安らぐ光景ではない。ノゾミは声をひっくり返してその名を呼んだが、破壊の音に幼い声は全て掻き消されている。だが、その時だった。

「イブルせんせえーーーーっ！」

涙にまみれた高い声が――イブルの手を、ピタリと止めさせた。怪物が目玉だけで見やる先。遠い路地の向こう。寄り添い合い震える少女三人が、イブルを濡れた目で見上げていた。

「イブル先生、もとに戻って」

「イブル先生、ごめんなさい」

「イブル先生、私達が悪いの」

少女達は泣いて詫びる。神聖不滅騎士の詳細を知らない彼女達は、自分のせいでイブルが暴走し、こんな怪物になってしまったのだと思っている。……今まで散々、自分達がイブルに命じてきたことは、『善くないこと』だったのだと、やっと心で理解していた。

「ごめんなさい！　ごめんなさい！　ごめんなさい！」

繰り返される叫び。繰り返される謝罪。繰り返される懇願。その声に……イブルは顔を上げ、振り返って、何かを言おうとした。だが、その時にはもう、瓦礫より這い出したシエンが、黒い身体に掌で触れていた。

「聖なる御光よ、全てを清め赦したまえ」

それは神聖帝国に伝わっていた、今は無き技術。呪いの魔法を浄化・消滅させる聖なる術式。神聖帝国の魔法使いの中でも一握りの者しか扱えない、秘奥の奇跡。術者の命を代価にする奇跡。『使うと死ぬ』からこそ、不滅の騎士が扱える秘術。ぱ、と光が瞬いた。まるで星が落ちてきたような。一瞬だった。信じられないぐらい呆気なかった――光が消えた時、そこにイブルはいなかった。浄化され、消滅したのである。

……呪いを消滅させる魔法で、神聖不滅騎士が死ぬとは。ならば祖国を護る為に受け入れた不滅の魔法の正体は、呪いだったというのだろうか。この魔法を仲間に使う時、シエンはいつもそんなことを思う。とんだ皮肉だ、と内心で溜息を吐いた。

――静寂が全てを領している。

それを破ったのは、子供達の叫び。

「イブル先生ー！」

「シエンーーっ！」

三人の少女はイブルがいた場所へ、狼少女は一人立っている白銀の騎士へ、それぞれ全速で駆け寄った。ノゾミはシエンに跳びつき、しがみつく。処理しきれない感情が渦巻いて、どうしようもなくて、ただ、両手でめいっぱい彼を抱き締めていた。

「お疲れ様です。怪我は？」

少女を抱き上げる。首に両手を回して抱き着いてくるノゾミは、首を横にぶんぶん振った。

「かなしい。シエン、あたし、なんだかすごくかなしい」

「……そうですか。そうですね。……私も、同じ気持ちです」

大きな手が、小さな背中をさする。それからシエンは、イブルがいた場所にうずくまっている少女らを見た。彼女らは泣き崩れて、何度も何度も、「ごめんなさい」を口にしていた。遅すぎる後悔、遅すぎる懺悔、遅すぎた理解。しかし彼女らは、いつまでもイブルという男に、血の繋がらない家族に、謝罪を叫び続けていた。

●

町中の死体をそのままにしておけば、魔物を呼び寄せかねないし、疫病の元になるかもしれない。シエンは魔法によって、町にて眠る死者らを銀色の輝ける炎で包んだ。騎士の祈りの言葉の中、死者は灰も残らず、シエンが言うところの「天の御光のもとへ還っていった」。それから、シエンはまだ泣いている少女らに問いかける。「きみ達はこれからどうしたいですか」と。

たとえ子供であろうと、この少女達はイブルの狂気に付け込んで、殺人を犯していた。それは大いなる罪だ。到底許されるべきものではない。この場にての断罪もやむなしな大罪人だ。ゆえ、「子供だから保護する」などと甘い面を騎士が見せることはなかった。神聖帝国において、たとえ幼児でも罪を犯せば大人と同じ罰を下され、その名は隠されることなく公表されていた。しかしイブルへ声が枯れるまで謝罪していた彼女らの行動から、シエンはそう声をかけたのだ。

少女達は「わからない」としゃくりあげながら答え、それから、途切れ途切れの拙い言葉で、自分達が途方もない罪を犯したことを自覚しているがゆえと贖《あがな》いを望んだ。どうすれば贖いができるのか、この胸の罪悪感を軽くすることができるのか、「わからない」と少女達は言った。シエンは——町で見つけた信号弾を空に放った。狼煙《のろし》も上げた。この町の近くを通りかかった旅人か行商人が『生存者』に気付くことだろう。そして少女らに、もし誰かがこの町に来たら、自らの罪を自らの口で包み隠さず告解するように命じた。

……その結果が連行の後の死罪になるかもしれない。その前に魔物がふらりと現れて彼女らを惨殺するかもしれない。現れた行商人らが悪意のある者なら人身売買か売春道具にされるかもしれない。しかし、それでも、少女らは真剣に頷いた。なので、シエンは彼女らを信じることにした。イブルが育てていた子供を、あえて無下に扱おうとも思わなかった。

ならば、これで終わり。ここからはもう、シエンと少女らの道は隔たれ、二度と交わることはない。生きるも死ぬも、己の運と責任次第。

「行きましょうか、ノゾミ」

シエンは手を差し伸べる。ノゾミはその手を、そして騎士を見上げた。

「……ついてっていいの？」

逆光に、「さようなら」と言われた時の光景が重なった。

「いいよ」

兜の中で、騎士が笑った。狼少女はパァッと笑うと、その手を取った。握りしめた。

この道は、いつか地獄に続いている。

それでも――少女は自らの意志で、死に逝く騎士の隣を選んだ。

祝福するかのように、太陽が空で輝いている。

4：死出の旅への穏やかなエチュード

　ギラギラと太陽が照りつける。蜘蛛の巣のようにひび割れた褐色の荒野が、向こう側の向こう側まで続いている。

　はひ。はひ。マントを被ったノゾミは舌を出していた。「埋み火の荒野」とシエンが言っていたここは、文字通り埋み火を孕んだ灰の上を歩いているような熱さに包まれていた。

「あづい……あづい……」

　足の裏を火傷するから、と靴を履いた足をのろのろ進める。靴は『イブルのいた町』で揃えたものだ。――店主は亡き者になっていたが、シエンは無人の店にお金を置いていった。「タダで持ってっちゃえばいいのに」と言うノゾミに、「そうしたら泥棒と同じでしょう」と、騎士は誠実を説いたものだ。同様にして手に入れた水筒を鞄から取り出して、ぬるい水を飲む。シエンが持っている『水が尽きない小瓶』から補給してもらっている水だ。ぷへあ、と飲み終えて口元を拭った。焼けるような熱気の中、前を見る。地平線は陽炎《かげろう》に踊っている。

「シエン……なんでこの辺だけこんなに暑い……？」

ノゾミがシエンから距離を取っているのは、純白の鎧がギラッギラに照り返して眩しいし熱いからだ。

「制圧用魔法の跡ですね。かなり大規模なものを使用したのでしょう」

シエンは熱さを感じていないようで、平然としている。

「簡単に言うと……凄まじい規模の火の魔法でここら一帯を焼き払ったのです。火によって辺りを焦土に変えるだけでなく、炎がいつまでも残るような……旧時代では『太陽落とし』などと呼ばれていました。長い時をかけて火が消えたようですが、まだまだ『余熱』が残っているようですね」

「……これ、火の魔法⁉」

思わずシエンを見て、眩しくて、ウッと目を細めて顔を逸らした。

『イブルの町』を出てから数週間、少女はシエンに少しずつ魔法を教わっていた。指先から小さな火を出す初歩的な火の魔法は、ノゾミの手にかかれば火花がパチッと出るだけで――それが限界のノゾミにとって、火の魔法が極まると『こんなことになる』なんて、途方もない気持ちになる。「はええ……」と言葉もない。

「聞いたことはありませんか？　毒の溢れる沼地や、止まない吹雪に閉ざされた雪山、侵入者を呪い殺す遺跡など……」

「……なんか、ふわっと聞いたことある」

「あれらは全て、今も魔法が作動しているか、この『埋み火の荒野』のように魔法の痕跡が残っているか、そういう場所なのですよ」

「こーゆー場所が、世界中にあるの？」

「そうですね。現代の人々は、忌み地と呼んで避けているようですが」

そう言って、シエンは独り言ちるように呟いた。

「……祖国では、子供が学校で魔法を習うのは当たり前でした。どの国でもそうでした。魔法を使えない人間の方が少なかった。むしろ魔法を使えない人間を迫害するような時代だった。……まさか魔法が禁忌となる時代が来るとは……」

「ちゃんと使えば便利なのにね。水いっぱい飲めたりとか」

ノゾミが空っぽの水筒を差し出した。シエンは鞄から水入りの小瓶を取り出すと、蓋を開け、水筒の中に注いでやる。とくとくとく、と筒状の容器が水で満たされていく音が、熱で乾いた大地に響いた。

「ちゃんと使える人間が少なかった。そういうことなのでしょうね」

その言葉を、ノゾミは静かに聴いていた。が。

「あづいぃぃい～～……」

「少し休憩しましょうか」

へろへろになっているノゾミを励まし、シエンは少し先に見える廃墟を指さした。

……廃墟というよりも『残骸』、あるいは『瓦礫』と呼んだ方が正しいかもしれない。

だが、わずかでもオブジェクトがあれば日陰ができる。

●

「はふあ」

ノゾミは日陰の瓦礫にもたれ、どてんと座り込んだ。熱された地面は日陰でも生ぬるい。服をぱたぱたして肌に風を送っている。

「あぢぃー……」

「あつい、の方がお上品ですよ」

「ウん～～～あつぃあつぃあつぃあつぃ」

ノゾミの住んでいた地域では、真夏の日中でもここまで暑くはなかった。シエンは少し考えてから、鞄から件の水が尽きない小瓶を取り出した。蓋を開け、指先をすいと動かせば、水が霧状に立ち上り——魔法で凍った氷の塵《ちり》が、ノゾミの頭上からきらきらと降り始めた。ふわっ、と少女の周りの温度が下がる。ぐったりしていた少女の目が丸くなった。

「すずしい～～～っ……！　なにこれ？　きらきらしてる！　すごい！　きれい！　魔法？　あたしも使いたい！　使える⁉」

感動のあまり、言葉に情報を詰めすぎている。

「氷の魔法です。元素魔法……火、水、風、土などを扱う魔法のプロならば、活火山をブリザード吹き荒れる雪山に変えることもできるそうですよ。今私が使ったものは簡易なものなので、きみも頑張ればこれぐらいならできるようになるかもしれませんね」

「……シエンは雪山作れる？」

「ちょっと難しいですね、元素魔法は専門ではないので……。私の専門は祖国に伝わる独自系統の魔法で――我々は神聖魔法と呼んでいましたがね。強いて分類するならば生命力に関する魔術系統で、治癒や呪い、命の力の具現化がその根幹でして」

「なんか光がぷあーーって眩しいやつ」

「自分の命を燃やす光です。我々の魔法は、自分を糧に奇跡を起こすものでした。……だからこそ、死なない我々は強かったのです。汲めども尽きぬ命があるのですから」

「そんな強いのに、どうしてシエンの国は滅んじゃったの？」

煌めく氷の塵の中、狼少女は水を飲んだ。シエンは苦笑のように首を傾げた。

「……そうですね。相対する人間の悪意が、あまりにも我々を凌駕していた……とでも言いましょうか」

「そっかぁ」

詳細と真実は分からないが、ノゾミは「あんまり話したくないことなんだろうな」となんとなく察した。

「ねえシエン、ずっとこれしてて」

話題を変えてねだるのは、この氷魔法のこと。荒野を出るまで氷の塵で包んでくれたなら、この旅は素晴らしく快適になるはずだ。

「ええ……？　ちょっと面倒臭いです……」

割りと遠慮なく言われた。「え～～～」とノゾミは不満げに尻尾を揺らす。

「カンイなもの～って言ってた！」

「そうですけど、ほら……たとえるならずっと九九の二の段だけを繰り返し暗唱し続ける感じというか……簡単な作業ではあるんですが面倒というか……」

「あたし九九わかんない」

「全くしょうがないですねえ……じゃあ、お勉強を上手にできたら魔法で冷やしながら歩いてあげましょう」

「ほんと⁉　やった！　お勉強がんばるっ！」

イブルのいた町を出てから、シエンは明確にノゾミに対して「生き残る為の方法」を教えはじめていた。文字、言葉遣い、算術など基礎教養、護身術、料理、サバイバル、魔法、などなど……。それは「もし私がいなくなっても、ノゾミがちゃんと社会の中で生きていけるように」という、シエンの言葉にせぬ願いであった。

がりがり――石ころで、シエンは乾いた地面に文字を書く。読み書きできないその子に、文字を教えていく。

「『ノゾミ』……きみの名前です」

なぞってごらんと促せば、少女の指がぬるい大地の窪みをなぞった。自分の名前を意味する窪みを。

「の、ぞ、み、の、ぞ、み」

「では書いてみましょうか」

石ころを渡せば、ノゾミは『白紙の』大地に自分の名前を書き始める。印刷されたような几帳面なシエンの文字とは打って変わって、へろへろと拙い文字だ。

「の、ぞ、み……できた」

「上手ですね」

「フン……」

頭を撫でられ褒められ得意気だ。ドヤ……としたノゾミは、もっと褒めて欲しくて更に「ノゾミ」と地面に書いていく。ノゾミ――それは、少女にとって少女だけの唯一無二、誰にも奪われない宝物。

「どお⁉」

また一つの名前を書き終え、ノゾミは尻尾をぷんぷん振りながら振り返った。座り込んだ大地の上、尻尾がワイパーのように左右へ砂を払っている。

「上手上手」

シエンがたくさん褒めてくれるから、ノゾミは勉強が嫌いじゃなかった。

「これはなんと書いてあるでしょう」

シエンがまた地面に新しい文字を書いた。ノゾミは耳を立て眉間にしわを寄せ、集中した顔で幾何学模様の横一列を凝視する。

「わ、た、し、の、な、ま、え、は、の、ぞ、み、で、す」

「正解です。すばらしい」

褒めた後、シエンの手が地をさらさらと撫で、文字を消した。

「今の文字、書けますか?」

「うん……ぬん……ぬん……ぬん……」

また一文字ずつ、ノゾミは文字を書く。一生懸命に文字を書く。どんなに下手糞でも、間違いがあっても、少女の横顔は楽しそうだった。

「できた」

「すばらしい」

「『シエン』も書けるぞ」

し、え、ん――褒められて得意気なノゾミは、拙い文字でシエンの名前を書いた。

文字の練習はほんの数日前から始まったことだが、『シエン』は、『ノゾミ』の次に覚えた文字だった。

もっと褒めて欲しい。その為にはもっといろんな文字を知りたい。ノゾミが撫でてくれる男を見上げてそう請えば、彼の手が新しい文字を書き出していく。「こんにちは」「さようなら」「じめん」「いわ」「たいよう」「そら」「かげ」「あつい」「つめたい」「みず」……文字はそれまでノゾミにとってよく分からないものだった。だが分かるようになると、分かるということが楽しい。まるで世界が広がっていくような。視野の奥行きが増していくような。

と、その時である。

ノゾミの狼の耳が、何かが地面から這い出すような音を拾った。くるんと耳がそちらを向く。次いで顔がそちらを向く。

「シエン、なんかいる」

「ふむ」

物陰からそっと窺う。荒れた大地の向こう側、大きなサソリのような魔物がいた。成人男性ぐらいはあるだろうか。尾は複数本、鋏《はさみ》は異様に大きく、ぬらぬらと不気味に黒光りしている。装甲から陽炎が立ち昇っているが、どうやら装甲が高熱を帯びているようだ。

「でっか、きもちわる……なにあれ……」

「サソリの魔物ですね。あれを今日のお昼ごはんにしましょうか」

「えー！　やだッ！」

「ワガママ言わないの」

ノゾミの悲鳴じみた言葉で、魔物が二人に気付いたようだ。迷わず向きを変えると、カサカサと複数の脚を動かし迫ってくる。

「ギエッ」

生理的嫌悪感をもたらす虫の動きに、ノゾミの尻尾の毛がボッと逆立った。と、シエンが指先を迫りくる魔物に向ける。光がパッと瞬いて、一条の光の矢が魔物の鋏の片方を根元から切断した。キイイッと甲高い悲鳴。慎重なのか臆病なのか、敵わないと理解したのか、魔物はその時点でノゾミ達を襲うことを諦め、地面に急いで潜って逃げてしまった。

ノゾミが日陰で見守る中、シエンはサソリがいた場所へ向かうと、まるでモーニングスターのように棘がついた大鋏（スイカぐらいある）を軽々と持ち上げる。そして、戻ってくる。

「うそうそうそ……食べるのそれ？　食べられるの？　トゲトゲだし虫だしきもいじゃん！　毒ありそうだし！」

飢えに負けて虫を食べた経験はゼロではない。だがおいしかった記憶はないし、気持ち悪かったし、もう二度と口にしたくもないし、ノゾミは顔を横にブンブン振って拒絶する。

「鋏の部分に毒はありませんよ」

シエンはいつものように鞄から鍋を取り出し、魔法でサイズを調節し、水で満たす。次いで取り出す小瓶の中には、乾燥させた野草の実をすり潰したモノが収められている。潮騒草と呼ばれているこの野草の実は、炒った後にすり潰すと塩として使用できる、旅人にとって重宝する品だった。葉擦れの音は潮騒に似る。群生地で風が吹けば、そこに海があるような錯覚を覚える。

つい先日、シエンはこの野草のことと見つけ方を教えながら、原っぱでノゾミと採取をしたものだ。乾燥させたものをすりこぎですり潰す作業はノゾミがやった。そんなしょっぱい緑の粉末を、鍋の中に投入。更にサソリの鋏を投入すれば、その装甲が纏っていた熱で水が一気に沸騰した。

「うわ！　一気にぐらぐらなった！」

「魔法によって装甲表面にだけ高熱を纏っているんですよ。本体と切り離したことでその魔法は切れていますが、余熱でこの通り。ちなみに熱いのは装甲表面『だけ』なので、裏側に熱が伝わることはないのですよ。魔法の不思議というものです」

「……熱いのに茹でられるの？　火ぃ通る？」

「通りますよ、大丈夫」

「鋏があっつあつで、あの魔物しんどくないのかな……」

「炎の魔法使いが最初に覚える基礎的な術ですね。彼らは高熱を操りつつも、その高熱に自らが焼かれることはない。ちなみに氷の魔法使いも似たようなことができますよ。超低温を扱いつつも凍傷にならないように」

「ほえー……じゃあ寒いの平気なやつ使えたら、冬も平気？　風邪ひかない？」

ノゾミのような浮浪児達にとって、冬は試練の季節だった。毎年、誰かが寒さにやられて死んでいたから。少女の問いに、鍋の中の鋏の様子を見ながらシエンは頷く。雪山だろうと耐えられるだろう、と。

「そっかあ」

ノゾミも同じく鍋を見下ろした。ぐらぐら沸くお湯の中のそれは、どう見ても棘付き鉄球にしか見えない。

「これおいしいの？」

「おいしいですよ」

「ええ～……どんな味？」

「カニやエビのような……」

「……どぶにいるザリガニみたいな？　臭かったぞアレ」

「今回のは臭くないですよ」

「まだ茹で上がんない？」

「大きいのでけっこー時間がかかるんですよ」

「ふーん」

「……なんだかんだ、味に興味が出てきてますね？」

「べっ……べつにい～～～？」

「ふふ。まだ時間はありますから、文字のお勉強をしていましょうか」

——そうして、地面にたくさんの文字が描かれた頃、魔物の鋏は茹で上がった。茹で上がったものを簡易な氷魔法でしめて、水でアクを洗い流せば、できあがりだ。

「で……どうやって食べるの？」

ノゾミの目の前には、相変わらずの棘付き鉄球みたいなずんぐりとした魔物の鋏。

このままかぶりついたら、間違いなく口の中が棘のせいで血だらけになる。

「こうします」

シエンがさっきの光魔法を用いた。ぴゅんっ、と光のレーザーが鋏の真ん中を横断したかと思えば、両断された鋏が左右に開かれる。途端、ふわっと立ち昇るのは、なんとも濃厚な香り。カニにもエビにも似た、他に比較形容しがたい芳醇な香りだ。ぎっちりとしつつもほくほくとした白い身が所狭しと詰まっていた。

「……！」

ノゾミは驚愕に包まれる。あんな、鈍器にしか見えない魔物のパーツの中に、こんなおいしそうな物体が？　差し出されたフォークを無意識のまま受け取っていた。そしてドキドキしながら、身の一部に刺すと、白い身はぷるんっと殻からはがれた。涎が出てくる。ノゾミはこれが気味の悪い虫だったことも忘れてかぶりついていた。まず感じたのは、ぷりぷりっとした強い弾力、だが、ペーストめいたなめらかさも存在している。濃い！　味付けが塩だけとは思えないほど、香りと味が濃厚だ！　ほくほくと口の中で命の味が弾んでいる！

「う……うま……うまい！　うまい！」

「おいしい、と言った方がお上品ですよ」

「おいしい！　おいしい！　え！　これ全部食べていいのか⁉」

「どうぞどうぞ」

「やったあああああ」

ノゾミは尻尾を振りたくりながら白い身に齧りついていた。シエンはそれを平和な気持ちで見守る。ノゾミを通して、かつて得ていた食事での喜びを思い出している。『味』――もう思い出せない。けれど、味の喜びを心から謳歌しているノゾミを見ていると、柔らかな望郷が男の心を包むのだ。

「ごはんを食べて一服したら進みましょうか。今日中にこのエリアを抜けたいところです。ここの夜は、それはもう熱帯夜になりますから、野営などすればたちまち熱中症です」

「はーい！」

●

途中に何度か休憩も挟み、潮騒草の実を舐めたり水を飲んだり、ノゾミは無事に埋み火の荒野を抜けることができた。熱中症で倒れなかったのは、シエンが約束通り「魔法で冷やしながら歩いてくれた」からだ。さて、空はすっかり夕暮れになっていた。

「あづがっだー」

「よく頑張りましたね。……ほら、そこに川がありますから、今日はあの近くで野営しましょうか。しっかり水浴びして、汗を流しつつ身体を冷ますといいですよ」

「ン～～～」

浅い川だ。緩やかな斜面の後、丸い石の河原が広がっている。ボロボロの瓦礫は、遥か昔に橋だった造形物らしい。それが屋根のようにせり出しているので、その下で野営をすることになった。

ノゾミはばちゃばちゃと水浴びをする。冷たい水が、熱が染み込んだ肌に心地いい。ふう……と息を吐いて、汗臭い身体を手ぬぐいでこすって清めていく。ちらと河原を見れば、シエンが夕飯の支度をしている。昼に食べたサソリ魔物の鋏肉の残りを、これまでの旅路で採って保存魔法をかけておいた野草とキノコと一緒に炒めるようだ。

彼は背中を向けている。いつもそうなのだ。ノゾミが水浴びをする時、着替える時、トイレの時、シエンはその様子を見ることはしない。シエンはいかにノゾミが無知な子供でも、対等な一人の女性として明確に線引きをしていた。

（シエンの背中おっきい）

ノゾミは見られていないのをいいことに、ここぞとシエンを観察しながら、今日着た服を川で洗っていた。乾かすのは後でシエンに魔法でやってもらう。

さて。狼耳の後ろ側も、尻尾の付け根も、しっかり洗った。ちなみに狼の耳があるので、人間だった頃に耳があった位置には人間耳はなくなり、髪の毛で覆われている。黒髪と尻尾から水をいっぱい滴らせ、ノゾミは川から上がることにした。河原に置いてあった手ぬぐいで体を簡単に拭いて、新しい服に着替える。髪の毛と尻尾は、洗濯物と一緒に魔法で乾かしてもらう。

「シエンー、水浴び終わったー」

「そうですか、ではこちらへいらっしゃい」

「んー」

絞って水気を切った洗濯物を抱え、裸足でぺたぺた河原を歩く。ノゾミの方を向いたシエンが指先を動かし、魔法を使う――乾いた風がノゾミを包み、髪と毛皮と洗濯物を乾かしていく。

「ふい〜〜〜サッパリした〜」

にぱっと笑った。「ごはんごはん」と、折り畳みの椅子に座る。だがその時だ。昼のようにまた、ノゾミの耳が胡乱《うろん》な音を拾った。だが昼の時とは違う。複数で……囲まれている。

「シエン、また魔物……？」

「いえ、人間です。野盗ですね」

シエンも気付いているようだ。フライパンの中身を皿によそおうとした手を止める。

「四人……埋み火の荒野を乗り越えて疲弊した旅人を狙う、という算段なのでしょう」

「ど、ど、どうする」

「そうですね、……ノゾミ、そこにいて私の動きをよく見ていなさい」

シエンは立ち上がり周囲を見回した。隠れている者ひとりひとりの目を順番に見、声を張る。

「四人。分かっていますよ。出てきなさい」

そうすれば——「おい、金を出せ」なんて言葉もない。藪《やぶ》や物陰から現れる、四人。二人は弓を引き絞り、二人はナイフを構えている。次の瞬間には矢が放たれていた。

だが、粗末な矢は騎士の大きな掌によって空中で受け止められた。そのままシエンは矢を握り潰して捨てる。立て続けに残りのナイフ二人が唸りながらシエンへ襲いかかる。身なりがいいのは盗品によるものだろうか。シエンはいつものように武器を出すことをしなかった。徒手《としゅ》のまま、突き出されるナイフを横へ払い受け流すと、真正面から相手の喉に手刀を叩き込んだ。相手の突進の勢いも相まって、その衝撃に「がヒュッ」と野盗が白目を剝いた。

「人間の急所は身体の真ん中のラインです。鼻、口、喉、鳩尾《みぞおち》、股間……ここを打たれてケロリとしている人間はまずいません。ケロリとしていたら防御魔法や身代わり魔法、幻術か人に化けた魔物などを疑うべきでしょうね」

ノゾミへ、レクチャーしている。

もう一人は顔をしかめると、シエンに後ろから組み付いた。兜の隙間にナイフを刺し込み殺すつもりなのだ。

「後ろから組み付かれたら後方に頭突き、あるいは足の甲を踵で踏み砕きましょう」

身長差から頭突きは届かない、のでシエンの白銀の足がズドンと野盗の足を踏み抜いた。骨が砕ける音がして、ギャッと悲鳴が上がる。痛みに組み付きが緩めば、騎士はすぐさまそこから脱した。

「顎を揺らせば脳味噌を揺らしてノックアウトできますよ。少し技術は要りますが——」

こう、と払われる手が野盗の顎先をかすめた。途端、そいつは呻き声を止めてくたりとその場に倒れ込んでしまう。

「周りにあるものはなんでも武器にしていいのです。困ったらとりあえず近くのものを投げなさい。石なんかは手軽で素晴らしいですね」

言いながらシエンは河原の小石を拾い上げた。向こう側の矢を持つ者らを狙う。

「投げるフォームをよく見て。力みすぎず——体全てを一連に使って——」

投擲。流星のように飛ぶそれは、矢を持つ野盗の一人の脛《すね》に鈍い音を立てて直撃。

悲鳴。

「最優先することは『勝つこと』ではなく、『生き延びること』です。相手が怯むなど、隙を見つけたら全力で逃げなさい。逃げることは恥ではありません」

別方向から射られた矢を振り返りもしないで回避した。そのままもう一度、投石で同様に足を攻撃して無力化させる。それからシエンは、手の中に光でできた鎖を作り出した。放たれた魔法は四人の狼藉者《ろうぜきもの》を絡めとり、ひとまとめにすると、どこぞへひとりでに引っ張っていく。

「どこにひっぱっていくの？」

「埋み火の荒野です」

ノゾミには直接言わないが、殺人犯を放置できるほどシエンは聖人ではなかった。彼らを放置すれば被害が無尽蔵に出るだろう。……埋み火の荒野の真ん中で、一晩何もできず放置されて、生き延びられる確率は非常に低い。あるいは熱中症で、あるいは魔物の餌となって、その命を散らすことだろう。わずかな可能性を掻い潜って生き延びたとしたら、それは御光の導きとシエンは捉えることにした。

「ふうん」

ノゾミは引きずられていく者を少しの間だけ眺めていたが、ほどなくもすればシエンの傍へ、彼を見上げた。

「ふふ、シエン強い」

「長生きですからね、それだけ経験が蓄積されているのですよ」

「あたしもあんなふうなことできるようになる？　ばしーんって。石びゅーんって」

かっこよかった。ノゾミはそう言って、えいえいと動作の真似をしている。

「食事をしたら、少し投擲の練習をしましょうか」

「うんっ！」


――本日の晩ごはん。

サソリ魔物の身をほぐしたもの、野草、キノコを炒めた一品。魔物の身のインパクトの強い旨味、キノコの奥深い香りが、フレッシュな野草の味わいに絡んで非常に美味だ。野草は葉っぱ系から根菜系から花と、ほどよい苦み・甘み・様々な食感が食べていて楽しい。もう一品は、大きな葉っぱで包んで蒸し焼きにした、皮つきの大ぶりな芋。ほくりと割った薄黄金色に、保存しておいた獣脂を溶かしてかけて、潮騒草の実で塩味をまぶせば、シンプルながらも『正解』の味になる。暑い場所で消耗した体を、脂が、塩味が、最適解で癒していく。

今日はデザートもあった。「大変な場所をがんばって乗り越えたご褒美」とシエンは言った。保存しておいた赤い木苺を、魔法で凍らせたものだ。しゃくしゃくとした歯触り、きんとした甘酸っぱさ、口の中に広がる冷たさが、暑さを乗り越えた体にちようどいい。じんわり、体をいい塩梅《あんばい》に冷やしてくれる。

「今日もおいしかったー」

はふー、とノゾミは満足げに息を吐いた。保存魔法と摩訶不思議な容量を持つ鞄のおかげで、ノゾミはいつも新鮮で栄養のある食事をとれている。魔法がない人間の旅はさぞ大変なのだろう……ああ、だから奪うのか、と野盗を思い出していた。

食後に歯も磨いた。石鹼とスポンジで皿洗いもした。皿洗いは魔法を使えば一瞬だが、「食器を洗う魔法を取得する為にも、地道な皿洗いは必要」とシエンが言うので、最近はノゾミがアナログに洗っている。

あとは寝るだけだ。夜空は満天の星。何にも遮られない自由の中天。月明りと焚火の明かりに照らされて、眠る前に、ノゾミは約束通りに投擲を習う。

「おりゃっ」

投げられた石は、どこぞの旅人が捨てて流れ着いた缶詰の空き缶に――当たることはなく、河原の石達の中にからんからんと落ちていった。

「んぬん……当たらん……」

「でも少しずつ狙ったところへ投げられるようになってますよ、成長成長」

最初は足元に叩き付けるような酷いフォームだったものだが。シエンに褒められつつ、ノゾミはまた新たな石ころを拾うと、的である空き缶をキッと見澄ました。常人より闇が見通せる狼の目を細めて、狙う。

「上半身、だけじゃなくて、下半身も、使う、体の運動の力、を、投げる動きに、真っ直ぐ」

メソッドを言葉で繰り返しつつ、ゆっくり振り被り、投げた。からんっ。小石はとうとう、空き缶にぶつかった。跳ね飛ばされた空き缶がからころ転がる。ノゾミは目を真ん丸に、シエンへ振り返った。

「あ！　当たっ！　当たった！　あれ！」

指を差す。すると。

「すごいじゃないですか！」

大きな手が、ノゾミを抱き上げてくれた。

「他の勉強の時もそうですが、きみはとても筋がいい」

「そお？　へへへへへ」

心地よい浮遊感。褒められて嬉しい。幸せ。おなかもいっぱいで、ノゾミは全てを手に入れたように満たされていた。星空で手を広げる。星海を泳ぐように。

——またひとつの夜が過ぎていく。

その日は、風の吹く草原を行く。ここもかつては戦場だったらしい。ノゾミの知らない兵器のスクラップが、いつか見た景色のようにそこかしこに転がっていた。

次の日は一日中雨が降っていたので、巨大な魔法生物（苔むした岩のような巨人。シエンは『ゴーレム』と言った）の骸を雨宿りに、雨が上がるまでたくさんの勉強と魔法の練習をした。

小石を使って計算の勉強。魔法に頼らない火のおこし方。安全な飲み水の探し方。食べられる草、食べちゃダメな草の見分け方。薬草の見分け方、使い方。動物や魚のさばき方、動物の肉体の構造や臓器・筋肉・骨の名前や役割、さばいた命の調理方法。怪我をした時の止血方法、応急手当の方法。天気の簡単な予測方法、雲の名前。星の名前と、星座と、それらにまつわる神話の伝承。

雨も上がり、その先を幾日か歩いて到達しただだっ広い乾いた草地は、シエン曰く、町があったという。石化魔法によって住民も建物も全てが美しい宝石に変えられた結果、一夜にして窃盗目当ての人間達によって、宝石となった人と町は持ち去られていったという。

「宝石は今どこにあるの？」とノゾミが問えば、シエンは小さく笑って肩を竦めた。

「さあ……もう随分と昔のことですから」

盗まれた町と人の欠片は、また誰かに盗まれて、あるいは売り飛ばされて、そうして世界を転々としているかもしれない。シエンにそう言われ、その日ノゾミが見た夢は、自分が宝石になって砕かれて、世界中の人間に盗まれたり売られたり買われたり捨てられたり加工されたりする夢だった。嫌な夢だったので、シエンにしがみついてしばらくの間、甘えていた。

「宝石になった町」の先を進んでまた幾日か、ちょっとした山を越えることになった。山の麓《ふもと》、古びた登山道を前に、シエンはワンピース姿のノゾミをしげしげと眺め、少し考え込む。

「山など緑が深い場所を歩くなら、手足は覆っておいた方がいいのですよ。ヒルや虫に噛まれることや、葉や枝で引っかけて傷つくことを防ぐ為です」

食料品を扱う行商人は多いが、子供の服を扱う者はほとんどいない。いずれ『装備』も充実させせねば……とシエンは思いつつ。

「ノゾミ、両手足だけを人狼化させられませんか？」

「……どういうこと？」

「両手足を毛皮で覆えば、肌の保護になります。人狼の力のコントロール練習も兼ねてやってみましょうか」

「どうやればいい？」

「『そうなる』よう、意識して、イメージしてみましょうか」

「ん～……」

できるのかなあ、と思いながらもノゾミは自らの両掌を見下ろした。目を閉じる。イブルの町で満月を浴びて変貌したあの時。最初に変貌をした時。あんまり思い出したいことではないが……あの時は、そうだ、体の内側から熱が込み上げるような――この感覚だろうか。この感覚を両手に――。

結論から言うと、肩から先、顔近くまで一気に獣化した。マズルも伸びかけて狼になってしまいそうになって、慌てて「戻れ」と念じたけれど、一時間ほどそのままになってしまった……。

「変身むずかしい……」

「大丈夫ですよ。時間はたくさんありますから、ゆっくり練習していきましょう」

戻れ～と一時間念じた末に元に戻れたノゾミは、原っぱに座ったシエンに膝枕をしてもらってグッタリしていた。一休みの後、「さっきよりも弱く」を意識してもう一度変身を試みると、今度は手首から先だけが毛皮に覆われた。ここから少しずつ、本当に少しずつ、慎重に、腕を覆うように変身を進めていく……――そうして無事に両手両足だけを安定して獣化できるようになるまで、二日ほどかかった。二日間、山には入らずに変身の練習に費やしたのだ。ノゾミは自分のせいでシエンの旅を足止めしてしまっていることに申し訳なくなったが（シエンは「ゆっくりで大丈夫ですよ」と言ってくれたが）、だからこそやる気が湧いて、一秒でも早くと集中力を以て練習ができた。寝食を惜しんでやろうとするから、シエンにたしなめられたほどだ。

手足を狼に変えるにあたって、靴は脱いだ。肉球を通して地面を踏む。もともと裸足で生きてきたから、慣れた心地だ。鋭い鉤爪はグリップの効いた靴よりも安全に大地を踏みしめられる。険しい斜面も、手足の鉤爪や狼の身体能力で登ることができる。何より嗅覚と聴覚で獣の接近を察知することができた。山を進むにあたって、これ以上ない能力である。

そんなノゾミは登山のイロハを教わりつつ、曲がりくねった古い街道跡地を進む。少女にとって『高所』は初めてだった。りんと冴え渡った空気。遥か望む地平線。通ってきた道。こうして見ると、人の営みとはなんて小さいのか。――山道で遭遇しシエンが魔法でしとめた猪をナイフで処理をしていく作業の中、一息を吐くノゾミは世界を見ていた。北を見る。目的地はまだ見えない――そのことにどこか安心している自分を自覚する。よかった、『まだ』だ。

「よそ見をしていると手を切りますよ」

「あ――うん」

山を越えたら、急に空気がしんと冷えた気がする。北の果てに少し近付いたのだ、とノゾミは実感した。肌を覆うひんやりとした空気に寂寥《せきりょう》を覚えるのは、また一歩別れに近付いたからだろうか。別れの気配を――……考えないようにする。

そうして辿り着いたのは小規模な町。超弩級魔力駆動陸上戦艦（前にノゾミが見た『でっかい魚の死骸』よりも二回りほど大きかった）の残骸に、そのまま人間が住み着いたような場所だった。緑の中に『座礁』した赤錆びた戦艦は、好き放題に改築されて、蟻の巣のように人間の生活が広げられていた。甲板は畑になっていた。町への入り口は、おそらくこの戦艦の致命傷となったのであろう巨大な穴だった。もちろん、町に入るにあたってノゾミは手足を人の形に戻してフードつきマントを被り、シエンも外套の紋章を見えなくした。

あっちこっちに穴が開いているものだから、戦艦の中は意外と明るい。ガチャガチャとした市場はまるで地下街のようでもある。そこで猪の毛皮や食べきらなかった分の肉を売ってお金に換えたり、調味料や生活で消費するものを整えたりした。物の売り買いをする時、シエンはそれをノゾミに見せ、取り引きの仕方を教えた。ここで算術が重要な教養であったことをノゾミは知る。計算ができなければ、代金やおつりを誤魔化そうとするあくどい者がごまんといるのだ。

「……もうちょっと算数がんばる」

「えらいですね」

勉強にやる気を出してくれるのはありがたいことだ。無理に教え込もうとしても、嫌々では身につかないし、そもそもシエンが「嫌がるのを叱ってまで」をやりたくはなかった。ので、ご褒美として「何か欲しいものはありますか？」と尋ねれば。

「鎧！」

「鎧……子供用のものはちょっと……売ってないですね」

鎧が必要になるのは行商人や魔物狩り、つまりは大人だ。かつて戦争があった頃は少年兵用のものもあったが、今の時代には見られない。「ジ〜」とノゾミは不服気にした。

「その代わり……今よりも防御力の高いお洋服を買いましたから。早速、宿屋でお着換えしましょうか。それと飴玉も買っておきましょう」

「うんっ！」

どうやらこの町は、装甲の隙間から日が入る『外側』の方がいい立地のようだ。普段は野営である分、町にいる間はいいところで眠れるように、最低ラインのセキュリティは確保できるようにと、それなりにいい宿をシエンはいつも選ぶ。その理由をノゾミに教え、そして宿の使い方を「よく見ていなさい」と教えた。それから食堂での注文の仕方、振る舞い方、テーブルマナーと、シエンは少女に町や村の機能やスマートな利用方法を教えた。

幾日か、まるで社会の練習のように町に滞在してから、二人は北を目指して発った。

「ふーんふーんふーん」

ノゾミはご機嫌な様子で町の門から出る――そのいでたちは、これまでのようなワンピースではなく、他の旅人のように手足をしっかりと覆い、頑丈なブーツを履いたズボンスタイルで、外套を羽織った姿だった。ノゾミはそれだけで強くなった気がした。得意気に胸を張って、外套の下で尻尾をハタハタ振っていた。口の中に甘い飴玉があるので尚更ご機嫌だった。

「これから毎日これ着る～！」

そう笑ってはしゃぐので、「よかったですね」とシエンは外套のフードの上から少女の頭を撫でてあげた。町から出て少し歩いて、もう見張りの目もないだろうから、フードの中に手を差し込んで頭を直接撫でてやる。指先で耳の後ろをカイカイしてあげると、ノゾミは「んん～」とウットリするのだ。この辺りは犬とよく似ている。狼だけれど。


――北へ向かい、また幾つかの日々が過ぎていく。

旅の中で、ノゾミは魔法の練習を続けていた。まだ『初歩』の範疇を出ないが――

切れ込みを入れた葉っぱをくっつける、治癒魔法。指先から小さな火を出す、火の魔法。小石を浮かせる、念動魔法。泥水を泥と水とに分離させる、水の魔法。木の葉を舞わせる、風の魔法。うまくいったり、うまくいかなかったり。シエン曰く、「きみには魔法のセンスがある」そうだ。人狼という、普通の人間よりも『魔』に近い存在がゆえだろうと彼は言った。

また、シエンはこうも言う。世界は魔法を使う為の力、すなわち魔力と呼ばれる目に見えないモノで満ち溢れているのだと。魔力は生き物にも宿っており、それは血のように体を巡っているのだと。その流れを意識して、世界を広く深く見て、感じて、流れを読み取り、読み解き、自分なりの流れを作り出し発現させることこそが、魔法を使うことなのだという。

「補助具……杖があればもう少しやりやすいと思うんですけどね。いかんせん……魔法道具製造の方は専門ではなくて。この時代にはもう、杖を作れる魔法使いもいないでしょうし……」

「杖持つと手がふさがるじゃんか」

魔力を感じ読み取る訓練として、草原の朽ちたトーチカ上で座って目を閉じ瞑想をしていたノゾミは、片目を開けてそう言った。その言葉にシエンは含み笑う。「それもそうですね」と。

ノゾミは再び目を閉じる。暗闇の中――「目蓋の裏に流れる血管を見るようなイメージで」とシエンに言われたことを思い出し、『目を凝らす』。そうして赤い、命の、力の流れを透かし見るように――それを指先に集中させるように――燃えろ、と念じた。指先に、一瞬、ポッとだけ灯る、小さな火。まるで火花。それが今のノゾミの限界だった。

「むり……」

「できてましたよ、その調子です。上手い上手い」

「ん～……」

一瞬しか出ないので、現状ではちょっと使い道がない。それがノゾミにはいささか歯痒い。できることが増えていくほど、できないことの多さを思い知る。何かを知っていくほど、自分がいかにちっぽけで無知だったかを痛感する。

(もっと、いろんなことできるようになりたいな。……もっと、賢くなりたいな)

来る日も来る日も、北へ向かい歩きながらでも、ノゾミは魔法の練習をした。あるいは座学のようにシエンから様々な話を聴き、魔法の理論を身に付けていった。

北へまた一歩。地獄へまた一歩。進む度に、ノゾミは成長していく。指先から出た小さな火花は、マッチ程度の灯火へ、そして拳大の炎へ。ひゅるり、伸びていく黒髪を揺らす風も、北の気配を孕んで少しずつ冷えていく。

——少女は日に日に成長していく。

出会った時は浮浪児然でギスギスしていた顔立ちも、教養と安全によって少しずつ角が取れ、余裕のある落ち着いた表情になった。栄養のある食事と質のいい眠りによって身長も少し伸びた。肉付きもよくなり、健康的な体格になった。それに伴い、少しずつ、「護られるだけじゃ嫌だ」という気持ちがノゾミの中で大きくなっていった。シエンの重荷にだけはなりたくなかった。強く、賢くなりたかった。だから、魔法だけでなく護身術も教えて欲しいとねだった。

——誰もいない廃墟の町の大通り、二人は相対する。シエンが緩やかな動作で突き出す木の枝を、掌で動作確認のようにゆっくり払う。「その調子」、声の次に横に払おうとする動作。退くのではなくしゃがみながら飛び込み、シエンの片脚に組み付いた。掬《すく》い上げるように片脚を思い切り持ち上げて、体で押して、転がし倒す。シエンはその気になれば耐えられるが、あえて地面にごろんと倒れてやった。「その調子」。

「では次はもう少し速くしますよ」

起き上がるシエンが、再び木の枝を構えた。先程と同じ攻撃動作を、今度は宣言通り速く——何度も反復する。ノゾミが反射的に動けるようになるまで。

「ノゾミは人狼の身体能力がありますから、戦うのであればその機動力を活かしなさい。魔物と戦うのであれば、五感を活用して先手を取って一撃で決めることを念頭に置きなさい」

ノゾミは多くを教わる。組手だけでなく、森や山で木から木を蹴って高速移動する訓練、鉤爪を引っかけて壁や斜面を一気に駆け上がる訓練、水辺で泳ぎの訓練と、様々な方法で体やその動かし方を鍛えた。

(こんな毎日が、ずっとずっと続いていって、終わらなければいいのにな)

願いは儚く。無常に時は進んでいく。

そうして――幾度目かの夜を迎える。

冷たい風が吹く。道中の町村で、この冷たい風は「地獄から吹く風」と呼ばれていた。

その日は満月で。狼の姿になったノゾミは、体の内から湧き上がる衝動を発散させる為にも、カヤ系植物が群生する野原を駆けていた。満月の時の自分の状態を知り、人狼としての力をうまくコントロールできるように、という訓練の一環である。

ざざざざざ――黒い獣が疾駆すれば、満月に銀色に輝く花穂《かすい》がふわふわと、夜の中で揺らめいた。ざぶっと銀の波から飛び出して、朽ちた戦車の上に乗り、狼は天を仰ぐ。しらかな真円に、腹の底から吠える――「ウオォォオオーーーーーン……」

――吠えながらふと思い出す、かつての町の『家族』のこと。

「ごはんだぞー」、と年長らの呼ぶあの声。ボロの椀によそわれる一杯。そのスープは、今から思えば食えたもんじゃない。なのに子供達はみんな笑顔で、寄り添って座って、火を囲んで、今日のことを話したり、明日のことを話したり、ガツガツと味わいもしないで食事をかきこんで。そうしたら歳の近い子らと、裸足のまま、湿った路地を駆け回って遊んだ。遊び疲れたら寄り添って眠った。くっついて群れていれば、夜の闇も怖くはなかった。恐ろしい夢もつらくはなかった。「大人を信じるな」、そのプロパガンダが心地よかった。大人をバカにして、自分達は賢くて特別だと優越感に浸っているのは気持ちがよかった。『家族』、その結束を信じていた。

あの生活に戻りたいとは思わない。でも。幸せな瞬間はあった。確かにあった。笑ったり嬉しかったりしたことがあった。だから憎みきれない。だからこそやりきれない。いっそ百パーセント全て憎みきれたら楽だろうに。

解決できない感情を昇華させるように、冷たい月下、ノゾミはひたすら走り続けた。走っては、吼えて、走っては、吼えて。シエンに「ここにいるから」と伝えるように――あるいは迫り来る別れへの憎しみのように。満月が照らす夜、キラキラした白銀の鎧は、どこにいてもすぐにノゾミの目は見つけることができた。駆けて――跳んで――人の姿で、大きな体に跳びつく。手足が狼のそれになったままだった。狼から人へ、その中間へと、『変身』の練習の成果は日に日に結実していた。シエンの鎧の腕はひんやりと冷たい。それが、走り回って火照《ほて》った身体にちょうどいい。

「そろそろ寝ますか」

「うん」

今宵の野営地は、かつてどこぞの宗教の教会だったのだろう廃墟にて。昔は豪華絢爛だったステンドグラスは全て剝落し、信仰も消え、祭神は忘却に葬られた。壁の銃痕は這う蔦《つた》が隠し、周囲の地面では魔法兵器による小規模なクレーター達が窪みに花を咲かせている。シエンに膝枕をしてもらって――「硬いから寝違えますよ」「いいの」――ノゾミはうとうと、永い戦後の夜に耳を傾ける。

明日は、地獄に一番近い町にとうとう入る予定だった。冷えた寒い夜だけれど、シエンが魔法で周囲を暖めてくれていた。

(寝て、起きたら、また地獄に近付く……またお別れに近付いちゃう……)

寝たくない。眠らなくても時間が進む速さは同じだと分かってはいるのに。地獄に着いて欲しくない。

でも最近は、「ずっと道中だったらいいのに」という自分に罪悪感を感じる。ノゾミの「ずっとこのままで」と、シエンの「自分が自分であるうちに死にたい」は、相容れない願いなのだから。だからノゾミは「遠回りしよう」「もう少しゆっくり行こう」なんて言えるはずがない。

今夜もまた、言葉にできない罪悪感を持て余しながら、せめてもの抗いのように目蓋を閉ざすまいと足掻いている。なのに、シエンが額を撫でてくれるのが心地いい。このまま眠ってしまいそうだから——ノゾミはひとつ、ワガママを言うことにした。

「ねえ、シエン」

「はい？」

「昔のこと話して」

「昔のこと……というと、どれぐらい昔のことでしょうか」

「戦争があった時の話」

「……楽しいお話ではありませんよ」

「いいの。なんで世界がこうなったのか、なんでシエンとイブル達が死ななくなったのか、知りたいだけなの」

「……そうですか」

大きな掌が、横たわるノゾミの白い頬を撫でる。整えてやった時より伸びた黒髪は、あれから何度かシエンが切り揃えてやっていた。さらさらの黒を、指先で梳《す》いてやる。

夜風が芒野《すすきの》を奏でていく。静かに星が流れていく。

その音は遥か古《いにしえ》より変わらない。男はそっと、寝物語を語り始める。

5：昔々、人と人が殺し合っていた頃

まだ、その時のシエンは肉の身体を有していた。でも、もう、今のシエンには、かつての自分がどんな顔だったのか、髪の色も目の色も思い出せない。記憶の中、朧《おぼろ》な白い靄《もや》で顔は永遠に隠されている。さておき、『その時のシエン』は神聖帝国の民として、人間として生きていた。

――神聖帝国。大陸の一国であり、かつて『神聖帝国』と呼ばれる前は恐ろしい独裁国家であったが、『御光の使徒』と呼ばれる魔法使いらを筆頭にした反体制派がこれを打倒、御光の使徒の首領を皇帝に据え、人民を独裁より解放したという。

御光の使徒らは、「御光の下に全ての命は平等に幸福であるべき」「御光こそ我らを導く輝き」と、独裁によってボロボロになった人民らに尽くした。彼らの理念は寄る《よ》辺《べ》を失った人々の寄る辺となり、やがて、ひとつの信仰が国をまとめあげた。

これが、シエンが生まれるよりも昔々の物語。物語というよりも、半ば神話、伝承である。

伝承によれば、御光の使徒は不死であったという。光が決して尽きぬように、その果てぬ身を以て、旧体制の大軍をわずかな戦力で打ち破ったという。だが、「不死だというのに『現代』に使徒らがいないのはなぜか」という問いに、具体的に答えられる者はいなかった。曰く、「御光に還った」「世界をより御光で満たす為に旅立った」「今も姿かたちを変えて神聖帝国を見守っている」などと、まことしやかに語り継がれていた。その伝承が神話性を高め、御光の使徒は帝国民にとって聖人として信仰対象となっていた。

神聖帝国には、御光の使徒がもたらしたという独自系統の魔法が広く浸透していた。神聖魔法と呼ばれるそれは、魔力だけでなく術者の生命力をも糧にする代物であった。魔力の低い者でも簡単に自分の生命力で『ブースト』をかけることができ、強力な魔法を容易に扱うことができるメリットがある。もともと強力な魔力を持つ者なら言わずもがな。一方、わずかな魔法行使ならば問題ないが、強大な術を連続し生命力を使いすぎるなど無理をすれば、命に関わるほどで——ゆえにこそ、その魔法は非常に強力でもあり、その強力な魔法こそが長い長い間、神聖帝国を侵略から守り、外交においても優位さを保てるカードとなっていた。

シエンが生まれたのは、そんな国。有力な騎士家の長男として生まれ、将来は神聖帝国を導いていく者の一人として厳しくも手厚く育てられていた。魔法の黄金期だった時代。魔法で空飛ぶ乗り物が行き交い、治癒の魔法によって怪我や病気で死ぬ者はおらず、防腐保存魔法や魔法による農業効率化のおかげで食べ物に民が困ることはなく、水もいつも清らかなものが手に入り、夜すらも魔法が照らし、嵐や地震などの天災をも、国家的な魔法使いがそれを予知し事前に阻止した。人間が完全に世界を支配している時代だった。

学校では子供達に幼い頃から魔法を教育していた。変身や透明化や透視を用いた追いかけっこ、当たっても痛くない幻の剣によるちゃんばら、ただの光粒を飛ばす射的ごっこ、木の葉や石ころを食器に変身させて行うおままごとなど、子供達はちょっとした魔法を使って遊んでいるほどだった（当然、火炎魔法による『火遊び』のような危険なものは厳禁されていたが）。

一方で、魔法が当然であるがゆえに、魔法を一切使えない者は『障碍者』として扱われていた。国によっては処刑や迫害もあったという。神聖帝国では御光の名の下、手厚い保障があったが。

少年期を思い返せば、美しい都市の光景が蘇る。御光の中で煌めくからと、神聖帝国は建物も道も塀も白かった。荘厳な建物が天を衝き、神殿や王宮といった神聖な場所には光を発する『光輝の花』が植えられており、昼でも夜でもきらきら、比喩ではなく都市は『輝いていた』のだ。青い空を背景にした、白い都市の美しさときたら……その神々しさは神聖帝国の民の誇りであった。

そんな美しい世界の一方、シエンが物心ついた頃から戦争はあった。神聖帝国も武器や物資の援助、兵力の派遣など、諍《いさか》いに加担していたというが、当時のシエンにとっては全てどこか遠くの出来事で、新聞が伝える絵空事であった。少年だったシエンは今も、父が繰り返し、「近々大きな戦いが起きる」「そうなったらおまえは数多の兵と騎士を率いて戦う立場になるのだ」「おまえの後ろにいる者らにとって恥じぬ長であれ」と言っていたことを覚えている。

少年期より、シエンは一族代々の中でも非常に優れた男だった。勉学、武芸、魔法、教養、いずれにも優れ、信仰心は篤く、リーダーシップがあり、性格はノブレス・オブリージュを体現したかのよう。将来有望として多くの者から期待を向けられ、シエンはそれに応えるように成長し、若くして神聖帝国の騎士団に入る。

その頃には、父の『予言』通り、戦争は大きくなっていた。世界のあちこちで起きる諍いが、何の原因で始まったかなんて、もう誰も知らない。しかしぽつぽつと点在し続けていた戦火は燃え広がり続け、今や世界中を覆っていた。

少年期の次の記憶――それは終わらない戦争の記憶。

進軍する。行進する。若き尉官《いかん》として指揮を執る。戦場となった街を駆ける。会敵。飛来する攻撃魔法を防御魔法で防ぎ、反撃の魔法。光と光が交差し、敵部隊が激しい光に薙ぎ払われて壊滅する。すぐ近くで爆発が起き、空では飛行魔法を用いた兵士らや飛行できる魔物に乗った兵士らが制空権を巡って争う。瓦礫を踏み潰して戦車が現れ、凄まじい光や炎を吐き出して、眼前の一切を焦土に変える。ビリビリと大気が震える。土埃で汚れた汗が顔を伝う。シエンは部下達を鼓舞し、叱咤激励し、祈りを口に唱えながら、殺人の為の魔法を何度もその手に具現化した。たくさんの敵兵が死に、たくさんの友軍も死んだ。土煙、爆音、炎、焦げ臭さ、血の臭さ、死臭、怒号、悲鳴、そればかりを覚えている。

――そうして『敵』を倒しても倒しても、また新たに国が『敵』と定める存在が現れて。

『敵』は、正義と平和を脅かす悪であるので、必ず斃《たお》さねばならなかった。今から思えば絶対的な悪などないというのに、当時は「自らこそが正義である」とシエンは信じていた。

来る日も来る日も、どこかの国の兵士と戦った。

魔法駆動の巨大兵器が地を埋め尽くし、魔法によってつくられた生物兵器――土人形《ゴーレム》や合体獣《キメラ》、果ては蘇生屍《アンデッド》など――が雪崩《なだ》れ込んでくる。調教された巨大な魔造生物兵器――竜《ドラゴン》にグリフォン、ペガサス、大蛇に巨象が咆哮《ほうこう》を轟かせる。中には人狼や、それに準じる『魔に適合した』者――吸血鬼やエルフや鬼など――も強力な兵士としてシエン達の前に立ち塞がった。

空には魔法による攻撃が飛び交い、真夜中でも真昼のように空は明るく、魔物に乗った飛行部隊や空飛ぶ鉄の鳥『戦闘機』が暴れ回っていた。爆発音が止むことはない。魔法は暴力の手段と化していた。ありとあらゆる悪意と敵意が、様々な破壊となって、戦場で渦巻いていた。

中途半端な傷は治癒の魔法でたちまちに治されてしまうから、魔法使い同士の戦いとは『いかに相手を一撃で殺すか』に重点が置かれていた。ゆえにこそ、戦場での魔法は残虐性と致死性を瞬く間に進化させていった。より一瞬で、より多くの命を破壊できるように。

戦っても戦っても、世界の戦火が収まる気配はなく。むしろ戦火は災禍と化して、いっそう苛烈に延焼していった。どこかの国で強力な魔法兵器が作り出されれば、別の国でそれ以上に恐ろしい兵器が生まれた。破壊魔法が用いられれば大地には焦土が、毒魔法が用いられれば疫病の沼地が生まれ、水魔法が用いられれば都市や農地が水没した。水源は干上がり、森は燃え尽き、山は崩れ、魔法による巨大津波や大嵐が襲い、天候や気候も歪められ、洗脳魔法をはじめとした暗殺や陰謀が横行し、魔法による呪いと疫病が広がり続け、それらの全てが『敵』への憎悪を生み、『敵』を生むことで人々は「自分達こそが正義だ」と団結し、別の『正義《悪》』と争った。多くの国が滅び、あるいは大国に吸収され、国と人の数がうんと減っても、それでも人々は争いを止めなかった。

「いつ、この戦いは終わるのでしょうか」

焼け野原の町を歩く。不安そうに呟いたのは、イブルだった。

「犠牲になるのは……いつも牙持たぬ民ばかりですね」

流麗な鎧を纏った女騎士、ロウカがその言葉に同調するように呟く。兜の奥の憂いの眼差しは、真っ黒焦げになった死体を見つめていた。子を抱き締めている母親『だったモノ』だ。

シエンとほぼ同年代である彼女は、その実力と高貴な家柄・人柄から、副長を務めていた。慈愛と責任感に満ちた、信心深い騎士であった。

「非道を平然と成す『光なき』者共め……」

ロウカが見つめていた母子の亡骸を一瞥し、『犯人』への憎悪を口にしたのはサギリだ。団の中でシエンに次ぐ戦闘力を有する彼は、常に切り込み隊長を買って出る戦意溢れる猛者であり――ロウカの若き夫であった。祖国にはロウカとサギリの幼い子がいる。もし神聖帝国首都に攻撃があれば……そう考えてしまうと、この目前の亡骸に愛する子が重なるのだ。

「一日でも早く、この世界から光なき者共を浄化せねば」

「サギリ、憎悪で戦ってはいけませんよ」

兜の下で舌打ちをした部下を諫《いさ》め、シエンは仲間達を一人ずつ、凛と見回した。

「我らの献身が報われる時はきっと来ます。大丈夫。御光は我らと共にあります。さあ、祈りましょう」

シエンは長として、部隊に不安が蔓延せぬよう毅然と言い放った。汚れた鎧で覆われた胸に掌を宛てがい、空の太陽を仰ぐ——貴き光へ、祈りを捧げる。団長に倣《なら》い、他の騎士らも自らの信じるものへ、心からの祈りを捧げた。早く戦争が終わりますように。世界が平和になりますように。これから、敵を殺し《戦争をし》に行く前に、矛盾の願いを胸に抱く。それはきっと、世界中で、ほとんどの人間が祈っている願いだった。早く戦争が終わって欲しい、平和になって欲しい、国や民族や宗教を問わず、大人も子供も老人も、誰もが心の奥底ではそう思っているのに、どうして戦火は収まらなかったのだろう。

——願いは虚しく、戦争は続いた。

かくして、人々は手段を選ばなくなる。

最終兵器たるほど残虐な破壊兵器が空から降り注ぎ始めた。

報復の、同じぐらい残酷な破壊魔法が発射地点へ放たれた。

その地獄のラリーは、昼夜問わず世界中で死ぬまで続いた。

神聖帝国では――

減り続けた兵力と『巨悪』を前に、一つの決断を下す。それは伝承の復活。『御光の使徒』の再臨。皇帝家にのみ代々継がれてきた究極の秘奥。――不死身の兵士を作る魔法の使用。

選ばれたのは、この末期大戦においてまだ生き延びている精鋭の戦士達。シエンが率いる騎士団だった。「我々は神話となる」――特別感、宗教的熱狂、これで事態は好転するだろうという確信、希望が、シエン達を高揚させた。リスクについて説明されても――肉の身体を失うこと、睡眠や食事がとれなくなること、生殖機能を失うこと――利点にしか感じなかった。だって休みなく戦えるじゃないか。平和の為なら子を成せないことや温かい食事の喜びを失うことなど些事《さじ》だった。誰一人、術式を拒む者はいなかった。

その魔法を施された瞬間を、シエンは今でも鮮明に覚えている。

神聖なる御光が降り注ぐ中、ステンドグラスが御光を七色に彩る神殿、皇帝家のみが立ち入ることができる禁足地、御光の使徒らの純白の像が並ぶそこで、皇帝の前に白銀の騎士達がずらりと跪き、長い長い美しくも荘厳な詠唱を聴いて、叙勲《じょくん》のように皇帝の剣が肩に置かれた。

瞬間、意識が溶けて、世界が溶けて、気が付いたら倒れていた。そうして起き上がった時、シエンは全てを『理解』していた。肉の泥と化した肉体と、その容器となった白銀の鎧、自らの不滅性。疲労も睡魔も食欲も痛覚もなく、万能感が指先にまでみなぎっていた。

——これで我々は勝利する！

神聖帝国は沸き立った。神話の再臨。御光の使徒の顕現《けんげん》。不死身となった彼らは『神聖不滅騎士』と呼ばれ、救世主として謳われた。

いざや出陣。この終わりのない大戦に終わりをもたらし、世に平穏を。……それが暴力に次ぐ暴力という愚に気付かぬまま、神聖不滅騎士は神話のように世界中の大国の兵士と戦い、これを次々と薙ぎ倒していった。

死なない彼らに敵う者などいなかった。文字通り、シエン達は無敵にして万能だった。どれだけ強力な魔法が直撃しても、無尽蔵の兵士に殺到されて全方位から攻撃されても、シエン達が死ぬことはなかった。命を糧に発動する神聖魔法のリミットもなく、破壊の光が戦場を焼いた。睡眠も休息も治療も補給も必要ない。シエン達は文字通り戦い続けた。朝も昼も夜も、その次の朝も昼も夜も、その次の次の朝も昼も夜も。

——ああ、この力さえあれば。

さりとて世界中に轟いた『神聖不滅騎士』の名が悪名だと、誰も気付くことはなく。神聖不滅騎士の登場によってパワーバランスが崩れたことで、シエン達の敵は『結託』

した。

それによって何が起きたか？　……神聖不滅騎士には勝てないと判断した彼らは、かつてない破壊の魔法兵器を神聖帝国『全土』へと放ったのだ。こうして神聖帝国は一瞬で蒸発消滅し、滅亡。残されたのは、護るものを喪《うしな》った憐れな騎士達。いかに騎士達が不滅にして無敵であろうと、戦う意義と命令系統がない少人数ならば、ただの烏合《うごう》。

神聖帝国を滅ぼした後、結託していた国々は早々に同盟を裏切りに変え、再び争い始めた。

残された騎士達は――

「……サギリ、やめなさい、もうこれ以上戦ってどうなるというのです」

「どうもなりませんさ。もうどうにもならない。だから俺は全部メチャクチャにしてやるんだ」

ロウカの制止の声に対し、夫のサギリは殺意と憎悪に満ち満ちた声で吐き捨てた。

彼は、兜の奥に途方もない憎しみと悲しみを湛えて、怪物のように立っていた。

「ロウカさん、悔しくないんですか。連中は殺した！　俺達の……何の罪もないあの子を……。どいつもこいつも、どいつもこいつもだ、あいつら全員、俺と同じ目に遭わせてやる!!」

唸るサギリは『復讐の使徒』。憎悪に駆られた鬼であった。

「サギリ――」

「俺はあなたのように優しくはなれなかった。……あなたの憎しみの分まで全て殺し尽くしたら、きっとあなたのもとに帰ってくるから」

そう言って、サギリは歩き出した。立ち尽くし震えるロウカは、彼を止めることができなかった。救いを求めるように、傍らのシエンを見やる。シエンは首を横に振った。

――誰が彼を止められよう。だって気持ちは、痛いほどに分かる。分かってしまう。本当は自分達だって、復讐したい。『敵』にこの痛みを刻んでやりたい、分からせてやりたい。さもなくば憤怒と憎悪と絶望で頭がどうにかなりそうだ。いっそサギリに憧憬に似た思いすら抱いたほどだった。それでも、シエンやロウカ、イブルや他の騎士達は立ち止まった。復讐の境界線を、跨《また》がなかった。跨ぐことができなかった、と表現した方がいいのだろうか。良心？　怯え？　虚無感？　絶望？　疲労？　諦念？　理由は混然として、具体的にこうだとは、言えそうになかった。サギリを止めることも、ついていくことも、できなかった。

……復讐鬼となったサギリと、それからシエン達が再会することはなかった。復讐をせず残った者らは何をすればいいのかもう分からなくなり、事実上の機能停止に陥った。

「団長……我々はどうすれば」

イブルが、そして残った騎士達は、縋るようにシエンを見た。「どうすれば？」

――そんなこと、シエンだって分からない。だがボロボロの彼をどうにか立たせていたのは、ひたすらに使命感であった。自分が折れたら、仲間達はどうなる？　シエンは折れるわけにはいかなかった。弱みを見せるわけにもいかなかった。ただでさえサギリを止められなかったのだ。これ以上、団員がバラバラになることはいけないと感じた。

「……安全な場所を探しましょう。状況が落ち着くまで、隠れましょう。大丈夫――きっと、きっと救いはあります。きっと我らは、報われます」

そうして。彷徨って隠れ潜んで、あるいは意義も意味もないまま、襲われるまま受動的に誰かと戦って。戦って、戦い続けて。何度も何度も、団員を鼓舞し、祈りを捧げ、前だけを向き続けて。祈り続けて。心の奥では、苦しみのままに叫び続けて。

いつしか、ようやっと、戦争は終わった。世界がとても、静かになった。

その頃には世界中が焦土と廃墟に変わって、国という国がなくなって、文明も法律もモラルもない、生き残りがケダモノのように生き延びようとする無法の世の中になっていた。生き残った人々は『死に物狂い』にどんな手でも使って生き延びながら、いつしか、こう考えるようになっていった――「どうして世界はこんなことになった？」「戦争があったせいだ」「魔法が使われたせいだ」「魔法が世界と人を殺し尽くしたのだ」「なので、魔法とは悪だ！」。

そんな中で、神聖不滅騎士の悪名は人々に語り継がれていたようだ。行く先々でシエン達は怪物、異端、狂信者、と拒絶され恐怖された。帰る国も、護るべき人もいない、戦う意味も相手もいない。もう何もない。拷問のように、この世界を延々と彷徨い続けるだけ。

そして、神聖不滅騎士は自らの『終焉』を知る。

最初に錆が見つかったのは、団の中で最も年若い、団に入ったばかりだった騎士。見たことのない症例に騎士らは驚き、治癒の魔法や呪い解きの魔法を施したが、錆は消えなかった。

「まあ、錆は錆。ただの錆です。死ぬことなんてありませんよ。なにせ自分は不滅の騎士なのですから」――不安がる仲間達をなだめるように、青年騎士は笑った。仲間達も、確かに自分達は不滅なのだから、何も恐れる必要はないだろうと自分達を納得させた。

しかしそんな一時の平穏を削り取るかのように、青年騎士の錆は、日々の中で広がっていく。身体の半分を覆い始めた頃、青年騎士の様子がおかしくなった。彼は鎧の体をしきりに掻き毟り始めたのだ。肌などなく、痒みを感じる神経すらもうないというのに、「痒い、痒い」と全身を掻くのだ。曰く、鎧の中に小さい虫がいる。それが這い回って痒いのだ。果ては卵を産んで幼虫が増えている、と。騎士らは彼の体を改めたが、虫一匹見つからなかった。

では錆のせいなのだろうか。それとも故郷と家族を失った精神的ショックなのだろうか。騎士らはカウンセリングや精神分析を試みたが、彼の『症状』は重くなりゆく一方で、とうとう支離滅裂な妄言ばかりで会話が成立しにくくなり――ある日、一匹の蝿が彼の眼前を横切った瞬間、彼は『発狂』した。

今になって思えば、戦場で蛆の湧いた大量の死体が、辺りを黒く塗りつぶすほどの蝿の群れとおぞましい羽音が、彼の心に焼き付いていたのだろう。あるいは終末戦争に加担した罪悪感だろうか……。「痒い、痒い！」と泣き叫ぶ彼の体からは泥のような『肉体』が溢れた。それは不気味な蝿のような魔物となって……。

壊しても壊しても復活するその魔物を『浄化』した時のことを、シエンは残酷なほど鮮明に覚えている。元に戻せないと分かった時の絶望も。これが通用しなければもう他にできることは何もない、という焦燥も。

――狂い壊れた果てに恐ろしい魔物と化して、仲間の手によって浄化させられることだけが、不滅の騎士にとっての唯一の安息だったのだ。『壊れる』前では駄目なのだ。

『壊れる』ことで何かが綻ぶからだろうか。そうして知る。かつて伝承における御光の使徒らも、同じように壊れて狂って歴史の影に消えていったのだろうと。

それは祝福などではなかった。終わりのない呪いであった。

ゆえに、シエン達は救いを求めた。自分のまま、自分として、終わりたい。自分が自分でなくなることは、恐ろしい。

永い永い、死ぬ為の旅が始まった。ひとりひとり、仲間を喪っていきながら……。

●

ノゾミは目を閉じたまま、静かに昔語りを聴いていた。想像もつかない。魔法による、世界を焼き滅ぼした激しい大戦の光景なんて。でもうすら寒い不気味さを覚えて、寝返りを打って、シエンのおなかにしがみついた。

「すみません。怖い話をしてしまいましたね」

「いいの。あたしが話してって言ったんだもん」

ぐり、と少女は硬い鎧に額を押し付ける。その黒い後頭部を撫でながら、男は優しく告げた。

「……こんな世界ですが、きみはいつか必ず幸せになれますよ」

「シエンと一緒にいられるならそれでいい。あたしもう幸せだもん」

裏切らないで。見捨てないで。要らないって言わないで。一緒にいて。――それがノゾミの心の全て。だから、このただ寄り添うだけの夜が、ささやかながらもノゾミにとっては幸せで。

――ここは安心する。今感じている『安心』を、ずっと辛くて苦しい道を歩んできたシエンと、少しでも共有できたらいい。それは、自分は無力だと痛感している少女の、ちっぽけな願い。

「シエン……」

「はい？」

「あのね……明日も晴れるといいね」

「……そうですね」

やがて少女は安らかに眠り始める。

悪い夢が、悲しい夢が、孤独な少女を蝕んだりしないように。シエンは彼女を優しく優しく撫でていた。全てを導く御光に、この子の未来と幸福を祈りながら。

6：あなたとすごした地獄の日々

――何度、共に満月を迎えただろうか。

「あれが、私の目指す『地獄』です」

シエンが指さしたのは彼方の山。雲と雪と靄に隠されて空ごと白く霞み、険峻《けんしゅん》のシルエットのみがぼんやりと目視できる。不思議なのが、山頂に不思議な光がぼんやり灯っていることだ。その明かりによって靄の中でも輪郭が見えている。

「あの光の向こうは地獄に通じているといいます。尤も……確かめた者は誰もいないとか。挑んだ者が誰も帰ってこない、人食いの禁足地……それが、あの山の地獄伝説です」

「あれが地獄……」

シエンの隣、ノゾミはその白い山を見上げていた。吐く息は白い。いでたちは手足を覆い、しっかりと外套を被った姿だ。

「……なんであのへんだけ白くてモヤモヤしてる？」

ズボンに開けた穴から出した尻尾を揺らし、ノゾミは言う。山に霧や雲がかかっているにしては、局地的すぎるような気がしたのだ。雲や霧ならもっと広く棚引いているものだが……。

「あれは魔法ですね」

かつて通った「埋み火の荒野」を覚えているか、とシエンは言った。古の大戦において大規模な魔法が用いられ、その影響が今も残り続けている場所だ。埋み火の荒野に関しては、凄まじい火の魔法の『余熱』によって、今もそのエリアだけ異様に熱くなっている。

ノゾミは横目にシエンを見、今一度山を見た。

「あれはなんの魔法？」

「ここからは距離がありすぎてなんとも言えませんが……心当たりなら。嵐の魔法か何かかもしれません。局地的な雷雨や暴風で一帯を閉ざすことで、侵入者や脱走者を防ぐものです」

曰く、拠点防衛や監獄などで使用されていた魔法だという。「もしそうなら、飛行魔法で単純に近付けないような代物でしょうね」とシエンは続けた。暴風で飛ばされ雷に打たれ、真っ直ぐ飛ぶこともままならないだろう。

「じゃあ、地道に山を登ってく感じ？」

折れた骨の断面を横から見たような、ささくれ切り立った険しい山だ。それに周りの山々と比べても一際高い。山登りをしたことはこれまでにあったノゾミだが、あそこまで高く鋭い山に登るのは初めてだった。

「そうですね」

シエンは平然と言い、歩き出した。ノゾミはそれについていく。二人の進む道はうらぶれた街道だ。この辺りの気候は肌寒く、散在する木々も寒冷地らしい針葉樹が目立っており、緑も疎らで乾いた土を野晒しにしている。本格的な寒冷期が訪れたら、この辺りは雪で閉ざされるのかもしれない……とノゾミは考えていた。

道の先には、小さな集落が見えていた。

●

例によって、その町は旧文明の廃墟の跡地を利用したものである。だが建物は比較的背が低く、どこかこぢんまりとした、小規模な――田舎っぽい印象を見る者に与えた。町を流れる水路では水車がゆっくり回っている。羊の放牧やちょっとした農地など、この寂し気な土地でも人間は立派に生活を営んでいるようだ。

ちらほらと雪の積もった大通りを、狩人達が肩で風を切り歩いていく。金で雇ったのだろう者に曳かせる荷車には、山羊の頭部にクモのような顎がついた不気味な魔物の生首が載せられていた。おそらく、村から依頼されて魔物を狩ってきたのだろう。あの生首は、目標を無事に討伐した証拠だ。ちなみに、生首はこの後大抵の場合は広場などで催し事として火刑に処され、町の人々は魔物や魔法は悍《おぞ》ましいものなのだと改めて心に刻むのである。

狩人の凱旋に往来はざわつき、好奇心に駆られた者が荷車を覗き込んでは、「おえっ」と顔を歪めていた。あるいはそんな不気味な魔物を狩った狩人らへ称賛を贈った。拍手喝采。年若い娘などは惚れっぽい眼差しを『勇者』に向けている。

シエン達はそんな中を、人目につかぬ隅の方から遠巻きに見ていた。ノゾミは頭巾をかぶり外套をかぶり、耳と尻尾を隠した状態で、生首から漂う血生臭さに鼻白んだ。もしここでノゾミが人狼だと露見すれば、自分もあんな風に、首をちぎられ運ばれて、「気持ち悪い」と誹られて、死体は罵られながら燃やされるのだろう。

（ずるい……）

得意気に称賛を浴びる魔物狩りの者達を、ノゾミは静かに見ている。たまたま人間で、たまたま魔物に変質したりしなかった、それだけなのに、あんなにもチヤホヤされて。……なんとなく、『家族』のリーダーを務めていた年長の少年に重なるようなマッチョイズムと狡さを一方的に感じて、ノゾミはそれ以上魔物狩りを見ることをやめた。斜め前を行くシエンのマント（魔法で神聖帝国の紋は不可視にしてある）をきゅっと握った。

「どうしました？」

小声のシエンが兜の頭で少し振り返る。

「なんでもない。おなかすいた」

本当はそこまで空腹ではなかったけれど。

●

これが最後の旅になるかもしれないから。シエンが宿泊先に選んだのは、この小さな町で一番いい宿屋だった。宿には食堂も併設されており、『一番いい宿屋に併設された食堂』ということもあって、相応のメニューを注文できる。店に入っておいて何も注文せず何も飲食しないのはよろしくない、かつ『地獄行き』の準備を整える為と、ここでシエンとノゾミは別行動になった。シエンは町へ、ノゾミは食堂へ。

真っ白なテーブルクロス、飾られた花。瀟洒《しょうしゃ》な食堂は落ち着いた雰囲気で、酒を浴び大声で騒ぐような下賤《げせん》な輩などおらず、幼い子供がひとりでも安心できるような治安の良さがある。

「ゆっくり食べていてください。飲食費は宿を出る時にまとめて請求されますので、好きなものを好きなだけ食べていいですよ。食べた後は町を散策してもいいですし、お部屋で休んでいてもいいですよ。ただ、散策する場合はあまり遠くへは行かないように」——とは、シエンから言われたことだ。一時的な別行動をしても大丈夫なぐらい、ノゾミの精神は成長していた。

思えば少しずつ訓練されていたように思う。これまでも町で宿泊する時も、まるでノゾミの離別恐怖を慣らすかのように、一時的に部屋にて短期間の留守番をシエンがお願いしてくるなど……そんなことが何度もあったのだ。最初こそ駄々をこねていた(それこそ『最初』なんかは泣いて嫌がった)ものだが、最近は「ちゃんとシエンは帰ってきてくれる」と安心が蓄積したので大丈夫だ。

——でも。

まるで、「私がいなくなっても大丈夫なように」——そんなメッセージをノゾミは邪推してしまうのだ。これまでの旅路で、いろいろなこと——社会的教養からサバイバル、護身術に魔法まで——を教え込まれたことにしてもそう。

(シエンは、もしかしたら、あたしを置いて一人で地獄に行くかもしれない……あたしが一人でも大丈夫なようにいろんな練習させて……)

そうはさせない。絶対に、そんなことさせるもんか。ノゾミは奥歯を噛み締めた。

「お待ちどお」

そこへ運ばれてきたのはランチメニューだった。給仕の言葉と、俯いていた視界にいきなり現れた料理に、ノゾミはビクッとしたが、「どうも」と会釈でどうにか取り繕う。

「……お嬢ちゃんひとり？　大丈夫？」

給仕である若い女は、周囲を見回して保護者がいないことを訝しむ。

「『お父さん』は用事で町に出かけてます。宿にシエン名義でチェックインしてるので名簿を見てください」

心配された時にこう言いなさい、とシエンから言われたことを諳《そら》んじる。その方が話が早いし怪しまれにくいということで、町ではシエンとノゾミは父子ということになっていた。

「そう……」

給仕は少し心配そうにしながらも、ノゾミの応対が想像以上にしっかりしていたので、そのまま引き下がっていった。

（あのひと、たぶん、いいひとなんだろうな）

ノゾミはその背を見送って。さて、テーブルに視線を戻す。羊の肉を使った赤茶色いシチューと、大きなパンと、柑橘類を搾《しぼ》ったジュース。本日のランチだ。シチューは羊の肉の臭みを消す為に様々なスパイスが使われているようで、絶妙なバランスの香りが食欲をくすぐった。

「おいしそう」、とノゾミはよだれが込み上げてくるのを感じた。早速スプーンを手に、めいっぱいすくって、はぷっと頬張る。ごろごろと大ぶりな肉はとろとろに煮込まれており、野菜も同じく、ほくほくとまろやかに舌の上で溶けていく。肉だけでなく複数の野菜の旨味、それらを彩るスパイスが、口いっぱいに広がって——肺腑《はいふ》を満たして、鼻を抜けて、頭を幸福でいっぱいにする。

（うま……うま……）

しばらく無我夢中ではぷはぷ食べてから、パンと目が合った。触ってみるとふかふかで柔らかい、それでいて魅力的な弾力もある。温かい、焼き立てのようだ。もちもちと一口大にちぎると、脂の旨味たっぷりのシチューにつけて、頬張る。

「ん……！」

小麦の旨味と甘みが、シチューの濃い味と最高に調和する。おいしい。ノゾミはシチューをスプーンでめいっぱい頬張ると、大きなパンに噛みつくように食らいついた。この、ほどよい弾力が堪らない。パンというか、小麦粉は町でしか手に入らないので、ノゾミにとってパンとは『町の味』だった。そうして食べる合間に、ジュースも飲む。サッパリとした柑橘類のフレッシュさが、シチューの濃い味に慣れた口に清涼感をもたらして、いい意味でリセットをしてくれる。ノゾミは外套の下に隠した尻尾がぶんぶんしてしまわないよう抑えるのに必死だった。

一方、食べている間も、「シエン早く帰ってこないかな、迎えに来てくれたらいいな」という気持ちで食堂の入り口にちらちら意識を向けていた。はたしてその時、また新たな客が食堂に現れる。横目に見て、落胆した。シエンではなかった。それどころか、さっき往来で見た『勇者ご一行』の一人だった。リーダーっぽい男の傍にいた、ローブですっぽりと体を隠していた人物だ。どうやらひとりらしいが、ノゾミには関係のないことである。

が。

その人物はテーブルにつこうと歩き出して……ふと立ち止まると、辺りを見回し始めた。まるで何か、においを探るような、ノゾミが空中のにおいを嗅いで確かめる時の仕草に似ている。

（なんだアイツ……）

そう思った瞬間。その人物が、パッとノゾミの方を見た。目が、合った。

「……あーー……」

発した声は低い。男のようだ。彼はもう一度周囲を見回すと（今度は鼻ではなく目で探すような振る舞いだった）、なんと、ノゾミのテーブルの方へ真っ直ぐ歩いてくる。

そして何の許可もなく、ノゾミの正面に座った。

「⁉　……なんだ、これあたしのだ、おまえにはやらん」

う〜……と唸りつつ、ノゾミは皿を自分の方に近付けた。

「とったりしねえよ」

笑って言い、男は少しローブを上げて顔を見せた。中年も過ぎた髭面の、褐色の肌をした野性味のある男だった。彼の目には――喜びの輝きがあった。

「おまえさん、人狼だろ」

小声の囁き。ぎょっとしてノゾミは目を丸くした。

「なんのことかわからん。おまえしらん、どっかいけ。ユウカイハンだーって大声だすぞ」

動揺しつつも警戒する。そんな少女の様子に、男はからから笑った。

「誘拐犯なんかじゃねえさ、……俺も人狼なんだよ」

ノゾミの席は壁際だった。壁側、他の者に見えないよう、男はローブをちょいともたげて――その頭の狼の耳を垣間見せた。

「へっ、……うそ」

「うそじゃねえ」

飾りでもねえ、とローブの暗がりで耳が少しだけ動いた。その後、耳は布で厳重に隠される。

「同族のにおいがするから、なんでだと思ったら、まさかこんな……『生きてるの』を俺以外で見たのは生まれて初めてだ」

男の目は、まるで故郷に辿り着いたかのような。人狼である以上、彼の半生が如何様であったかは語るまでもなかろう。迫害対象の超少数派、そんな同族に会うことができたのだから、今、その男には感動が込み上げていた。一方のノゾミは混乱している。

「で、でも、おまえ、魔物狩りしてたじゃんか、他の奴らと」

「魔物狩りはこの世界で一番稼げる仕事だからな。それに俺達、元奴隷だったり生まれつきちょっぴり魔法が使えちまったり、なんやかんやいろいろとワケアリが集まってるもんで、一か所に定住とかできねえからよ。魔物狩りしながら各地を転々とするのが性に合ってるワケよ。まあ、この町はお得意様だからよく来るんだがな」

「人狼ってバレたら殺されるんじゃ」

「仲間達は俺の正体を知ってる。知ってる上で、お互い居場所のない根無し草同士でつるんでんのさ。当たり前だが、『顧客』には正体を隠してるけどな。ちなみに俺がここでひとりなのは……ほら、魔物の首、焼くだろ、あれ見るの好きじゃないから先に抜けてきた。腹も減ったし」

ノゾミは絶句する。いや、でも、嘘かもしれないし、と警戒の目を男に向けている。

男は給仕に自分の分の料理を注文すると、再びノゾミに向き直った。

「宿に泊まってる……ってことはこの町の子じゃねえな。身なりも綺麗で肌ツヤもいいし流浪の浮浪児でもない、と。さっぱり色気のねえカッコしてっから男にくっついてきた慰《なぐさ》み者ってワケでもないな……まさかその幼さで魔物狩りで食ってってるとは思えねえし……おまえさんどっから来た？　ひとりか？　何しにこの町へ？」

不思議そうに尋ねる男だが、ノゾミは品定めされるような好奇心にムッとした。

「ほっといてくれ、あたしはな……『地獄』に行くんだ！」

その言葉に。男は目を見開くと、表情を引き締め、身を乗り出した。

「『地獄』がどういう場所か、おまえさん分かってるのか？」

それは諭すような物言いだった。大人である彼からすれば、子供が自分から死にに行くようなことを口にするのは、些《いささ》か無視するには深刻な内容だったのである。

ノゾミが大人ぶって得意気に頷いてみせれば、彼は額を押さえて溜息を吐いた。

「……あのな。『地獄』には魔法性のブリザードが止むことなく吹き荒れてる。その辺の防寒具じゃ太刀打ちできねえ。その上、目も開けてられんぐらいの吹雪のせいで視界は真っ白、コンパスを狂わせる魔法のせいでマトモに真っ直ぐ歩けねえ、右も左も分かんねえのに足場は最悪、滑落死か凍死が運命……ならまだいい話だ。あそこはそんな環境で生活してるとんでもねえ魔物がうようよいるんだよ。地獄の主っていうとんでもない怪物もいるって噂だ。……俺達でも麓近くのギリギリの場所をちょっと偵察するのが精いっぱいなぐらい、あそこはヤバい」

この辺りに出没する魔物は、そんな『地獄』から逃げのびてきた雑魚《ざこ》なのだと男は言った。それほどまで、『地獄』とは悪名高き魔境なのだと。

「……それでも、あたしは行く。世界で一番だいじなひとと、ずっと一緒にいる為に」

ノゾミの瞳は揺るがない。男はバツが悪そうに口をもごつかせた。彼は人狼であるがゆえ、人狼が口にする「だいじなひと」がどれほどの価値を帯びているのか、おそらく世界で最も理解できる人物であった。

沈黙、苦い顔で首を振る。何か思いつめるような顔で俯いて、数秒。

「そうかい。……なあ、おまえさんよ、……もし、やっぱり生きたいって思ったら、いつでもうちに来な。『この通り』人狼でも俺達は虐《いじ》めたりしねえからよ。今はまだ分かんないかもしれねえが、何事も生きてこそなんだぜ。死んじまったら、全部おしまいなんだ。よく考えてくれ」

「……なんであたしに優しい？」

さっきの給仕もそうだった。これまでの町にもたまにいた。落としたハンカチを拾ってくれた人。宿がどこも満室だった時に「納屋でよかったら」と無償で貸してくれた人。知らない町で安全な宿や店を教えてくれた人。ノゾミにとって『他人』とは敵なのに、『他人』とは怖くて悪い連中なのに、時折、気紛れのように優しくなったりもするのだ。それがノゾミには不思議でならない。ノゾミにとって、優しい人間なんて世界にシエンしかいないのに。

（……そうだ、最初に優しい顔しといて、裏切るなんていつもだし）

ノゾミは警戒と敵意を隠そうともしない。――そんな少女を、男はどこか悲しげに見る。過去の自分に重ねている。

「騙す為の優しさばっかりな世界だけどよ、その中にも時々、本当に、損得の絡まない、理由のない優しさだってあるんだぜ」

そう言われ、ノゾミの脳裏にシエンがよぎった。「誰かに優しくしてもらったら、なんて言うのですか？」――彼から教わった言葉が心に浮かんだ。だからノゾミは、目の前の狼男を見澄まして、その言葉を口にする。

「……ありがとう」

すると、男はニッと笑った。ノゾミのそれより一回り以上立派な犬歯が覗いたが、その笑みはとても優しかった。

「しばらくはここの宿に滞在してる。いつでも遊びに来い。『オルト』……俺の名前を出せば大丈夫だから。同族のよしみだ」

話終わりに、狼男オルトの注文した料理が運ばれてきた。どうやら昼間から酒つきのフルコースと洒落《しゃれ》込むらしい。肉やら魚やら、焼いたものや煮込んだもの、次々とテーブルの隙間がなくなっていく。一方のノゾミはちょうど食べ終わりだった。残っていたジュースを一息に飲むと、「ごちそうさま、じゃあねばいばい」と椅子から降りて、振り返ることなく、食堂を後にした。


宿のロビーの長椅子に腰かけて。

ノゾミはふと、思いを馳せる——このままシエンについて地獄に行く自分、オルト達についていて勇者になる自分。この話を知ったら、シエンは、「オルト達へついていきなさい」と言うだろう。世間一般的には、きっと子供を地獄へ連れていこうとするシエンが悪で、そこから救い出そうとしてくれるオルト達こそが正義なんだろう。……それがノゾミには気に食わない。どうして、より多くの人が「正しい」と言うことにばかり従わねばならないのか。「人狼は異端であり、生きていてはいけない」というマジョリティの理不尽さのように。

だからノゾミは、ここでシエンの帰りを待つ。『多く』への復讐として、ここにいる。もはや『普通』へは二度と戻れない男の為に、世界でたった一人、ここにいる。俯いて、しかし耳はそばだてて。

最中、思い返すのは、いつかの思い出。不滅の騎士を『浄化』する、神聖魔法の秘術――それを取得すれば、別にシエンが死を求めて頑張らなくても、ノゾミがデウス・エクス・マキナのように全てを解決できるのではないか、と。だけど同時に気付いたのは、その魔法を行使する時は、シエンが自分を失って狂い壊れ果てた時。そのことを思うと――ノゾミはとても、「浄化の魔法を教えて」なんて言えやしなかった。ノゾミは知っている、シエンがどれだけ、自分が自分でなくなることを拒絶したいかを。

溜息を飲み込む。……そのまましばらく『いいこ』にしていれば、聞こえてくる、鎧の足音。金属の擦れ。呼気も心音も何もない人間の音。弾かれたように顔を上げる。軽やかに駆け出した。扉を開けた瞬間のシエンへ、跳びついた。

「おかえり、シエンおかえり」

「ああ、――もうごはんは済んだのですか？」

シエンは片手に荷物を抱えたまま、ノゾミの頭を優しく撫でた。その手に少女はぐりぐり甘えつきながら「うん」と答えた。それからシエンの荷物を見る。

「いろいろ買ってきたんだな」

「お部屋で説明します。おいで」

かくして――

小広い宿泊部屋にて、シエンは町で揃えた『地獄へ挑む為の装備』を高級そうな絨毯《じゅうたん》の上に広げた。ふかふかの上に膝を突いた二人の目の前、それらは言ってしまえば、「雪山を登る為の道具」だ。シエンの方も町で情報収集して『地獄』が暴風雪に包まれていることを把握したらしい。登山用杖に、頑丈なブーツ、アイゼン、丈夫で厚手な防寒具、食料、その他いろいろ。ほとんどノゾミ用だ。

「一応、このように道具を購入しましたが、きみの場合は——正直、狼に変身した方が安全に山を登れると思います」

狼の頑丈な爪や安定感のある四つ足は、人間の杖やアイゼンよりも素晴らしい。分厚い毛皮は天然のコートだ。

「なので、この道具は人の姿で行動する時用として持っておきなさい」

狼の姿は便利ではあるが、人間のように手を使えないデメリットはある。局面によっては人の姿になる必要も出てくるかもしれない。シエンは道具の使い方や装着方法を教えつつ、ノゾミ用の装備や食料を大きな鞄に収納した。

「自分の周囲の空気を温かくする火の魔法ならもう使えますね？」

「使える。アレめっちゃ練習したもん」

「常にそれを維持し続けなさい。特に狼の姿で歩くなら足を念入りに。休む時や魔力切れの時は私が代わりにきみを温めますから、魔力の底が見えてきたら早めに言うように」

「わかった」

「登山の際に私は香水をつけておきます。ブリザードで視界が悪いと思いますが、きみはこのにおいを辿ってください」

シエンは香水瓶をノゾミに見せると、ガントレットの手首にひとふき、ノゾミの方へ寄せた。ふわっとした、清廉さを感じさせる花の香りがした。このにおいは目印だ。忘れてはならないよう、ノゾミは目を閉じて集中してふすふすとしばし嗅いだ。

「うし。においおぼえた」

「素晴らしい」

「……明日には出発？」

「そうですね」

いつも通りの声だった。まるでノゾミを心配させまいとしているように、少女は勝手に感じてしまった。

「なでて」

だから少女はねだる。部屋では頭巾も外して黒髪と狼耳を晒していた。大きな掌が髪を梳くように撫でてくれる。短い毛でふわふわした耳を撫でてくれる。きもちいい。ずっとこうしていて欲しい。

……明日が来なかったらいい。

●

つつがなく夜は来る。部屋にベッドは二つあるけれど、シエンは眠らないので使うことはない。窓辺に座り、半分の月に照らされる世界を眺めている。いい宿屋なだけあって、見晴らしもいい。窓の外は、派手さはないがこぢんまりとした街並みだ。田舎ではないが決して都会ではない、ささやかな風景。ぽつりぽつりと明かりが灯って、揺らめいている。旧文明においては電気の魔法によって夜でも昼のように明るかった。今はもうそんな技術はない。

夕食も済み、湯浴みをして歯も磨いて、ノゾミは丸くなってベッドの中で眠っている。安らかな寝息が聞こえてくる。時折、夢でも見ているのか、狼の耳がぴろっと動いたり、パタパタと尻尾が振られている音がする。寝顔を見やれば、とても穏やかだ。……こんな風にリラックスした寝姿を見せてくれるようになるとは、思わなかった。最初はちょっとの物音で跳び起きたり、うなされたり、寝つきが極端に悪かったり、夜中に目を覚ましたり……。寝ている時に尻尾を振るようにまでなったのは、つい最近のことだ。たまにしか見られないが。いい夢を見ているのだろうか。夢は記憶の整理だという。これまでの旅路の記憶が、ノゾミにとっては幸せだということなのだろうか。

(どうすれば、この子が死なずに済むのだろうか)

ノゾミはシエンに心を許して安心を覚えていくほど、死を躊躇わなくなっていく。ノゾミが幸せになっていくほど、シエンは彼女の生を願ってしまう。話し合いをしても、どれだけ言葉を尽くしても、ノゾミはシエンと共に逝くことが自分の望みだと決して曲げない。もし彼女を置いてこっそり逃げたとしても、本気を出した人狼の耳と鼻の追跡から逃れられる者などこの世にいない。人狼は、情愛深く執念深い。地の果てまで逃げてもきっと、逃げきれない。

……解決策なら思いつく。突き放してしまえばいいのだ。冷たく当たり、こんな自分についてくる必要はないと残酷な理路整然で論破して、捨ててしまえばいいのだ。

だが。それはできない。それだけはできない。まだ幼く心も柔らかい少女に——既に裏切りによる傷を経験したその子に——更なる「捨てられた」「裏切られた」という傷を与えたら、それこそ致命傷に至ってしまう。今でこそ元気に見えるが、今でもなお、ノゾミは巣にも帰れず羽毛もない、飛ぶこともできず衰弱しきった、今にも死んでしまいそうな雛鳥なのだ。

(いったい何が、この子の幸福なのだろうか)

町で道具や食料を集めながら――何度、このまま黙って地獄へ行こうかと悩んだことだろう。その迷いはここへ至るまで何度も何度もシエンの心に湧きあがり、沈みきることはなかった。

この幼い子を、幼いまま、未来を知らないまま、本人の意思を尊重するまま、地獄へ連れていくことが、この子の幸福なのか。再起不能になるまで傷つけて、二度と治らない心の傷と人間不信を植え付けるリスクを承知の上で、未来を生きてゆけと言い渡すことが、この子の幸福なのか。……それとも、無為に旅を続けに続け、答えを永遠に引き延ばし続ける？　だがその過程で、シエンが狂って壊れてしまったら、その最大の被害者になるのはノゾミではないか？　きっと壊れたシエンは、ノゾミを何の躊躇いもなく、発狂のままに悪用し傷つけて罵って、そして殺してしまうだろう。

――どうしたらいい。だけど、もう、ここまで来てしまった。

シエンは自分の手を見ることが怖い。もし、仲間達の体に浮かんだ、あの錆が見つかったら。

いかにノゾミに魔法のセンスがあっても、神聖魔法による、かの『浄化』は、十数年単位の修練の果てに使えるか否かといったほど難易度が高く、彼女に浄化を頼ることは難しい。ゆえに、もうこの世界には事実上、浄化を行える者はいない。だから、急がねばならない。他者に害なす災厄と化する前に。

焦燥だけが募り、解決策はどこにもない。

もはや、「なぜこのようなことになってしまったのか」と、運命を呪う他にない。

静かな月が、冷たい顔で夜を横切っていく。ああ、このままずっと夜が続けばいいのに。

……明日が来なかったらいいのに。

●

出発は未明。深い青の空の下、まだ眠っている町を発つ。空気は冷えきっていた。

廃墟を再利用した町の周囲は、背の高い古びた石垣で覆われている。崩れている場所は現代の粗末な技術で修補されている。あるいは土嚢《どのう》が積まれている。

振り返ることはないだろう。ましてや町に引き返すこともないだろう。ノゾミはそう意気込んで、冷たい空気を肺に満たして、石垣の向こう側へと出ようとして――

「本当に『地獄』へ行くのか？」

後ろから声がした。振り返るとそこに、外套を深くかぶった男が立っている。フードから見える眼光には見覚えがあった。

「オルト……」

あの人狼。足音も気配もなく現れたのは、彼が熟練であることを物語る。

振り返るシエンにとっては、オルトは『先日見かけた魔物狩り』としか情報がない。

ゆえに警戒した。人狼であるノゾミを護るように立ちつつ、小声で少女へ尋ねる。

「彼は一体？」

なぜ名前を知っているのか。彼がこの場に現れたことに心当たりがあるのか。それらを内包した問いだ。

「き、昨日、宿の食堂で話しかけられただけ……」

ノゾミとしても、なぜオルトがここにいるのか分からない――いや、本当は、分かる。オルトは、子供であるノゾミが地獄へ――死にに向かうことを是としていないのだ。

シエンらの動揺を見て、オルトはフードを取り払った。自らの狼耳を見せた。シエンは更に驚くことになる。

「人狼――」

「そうだ。俺はそこのお嬢ちゃんと同族だ。……おまえさんが『保護者』か？」

なぜ人狼が魔物狩りを……という疑問は一旦置いて、シエンはノゾミをちらと見た。

少女は白銀の鎧にしがみついて、「うー」とオルトに唸っている。オルトは小さく息を吐いた。

オルトは、一呼吸の後に静かにシエンを見つめる。咎めるような、冷たい眼差しだった。

「……話、ですか？」

オルトが両手を上げて敵意がないことを示すので、シエンは少し警戒を解いた。

「安心してくれ、攻撃しに来たんじゃない。ちょっと——話がしたくってな」

「その子を地獄に連れていくのか」

「……そうですね」

「おまえさん……それがどういうことか分かってるのか？　生きて帰った者はいない、だからあそこは『地獄』なんだ。そんなところに子供を連れていくなんて」

「うるさい！」

言葉を——あまりにも残酷な正論に噛みついたのは、ノゾミの幼い高い叫びだった。

「うるさいうるさいうるさい！　なんにも知らないくせに！　あたし自分でシエンについてくって決めたんだ！　おまえはヨソモノだ！　あたし達のことに首つっこむな！」

「っ……おまえさんなあ、死ぬんだぞ！　ピクニックとは訳が違う……見ろ！」

オルトは外套を取り払い、上着をめくり上げた。その脇腹には、切り裂かれ抉られたような痛々しい傷痕が刻まれている——。

「麓に近付いただけで魔物にやられてこのザマだ。これでも、この歳まで人狼として殺されなかった程度には実力にゃ自信があったんだぜ。俺達の仲間も似たようなもんだ。なのに一人死んだ。一人は腕が千切れた。俺もこの傷で一週間以上生死の境を彷徨った。……そんな地獄に、たった二人、しかも一人は子供だなんて、無謀だ！」

「シエン強いもん！　おまえらなんかよりずっとずっと！」

「そいつは強いかもしれんがな、おまえさんはどうなんだ！」

「ッ……！」

直接言われていないが、「おまえはシエンの足手まといなのだ」と言われているようにノゾミは感じた。足手まといにならないよう勉強や訓練をしてきたノゾミであるが、シエンと対等かと尋ねられれば俯くほかにない。

オルトは再びシエンへ向いた。今度は懇願するような眼差しで。

「……俺達は、俺をはじめワケアリの連中ばっかが身を寄せ合ってる。なあ、その子を俺達に預けちゃくれねえか。なんだったら、おまえさんもウチに来ていいからさ。死にに行くようなことするなよ。話なら聞いてやる。朝飯でも食いに行かねえか？奢《おご》るよ」

きっと彼は、この残酷な世界で、極めてまれな、本当の善人《おひとよし》なのだろう。

――シエンは兜の奥の眼差しを揺らした。ノゾミの方を見ていた。どうすれば、この子が死なずに済むのだろうか。いったい何が、この子の幸福なのだろうか……ずっとずっと考え続けてきたことだ。

「ヤダ!!」

ノゾミの声がピシャリと響く。跳び上がった少女は、シエンの上半身に両手足を回して組み付くようにしがみついている。

「ヤダったらヤダ！　ぜったいぜったい離さない！」

「ノゾミっ、……」

「ううゔうゔ！　オルト！　おまえがあたしを死なせたくないのは分かる、けど、分かるけど、あたしをシエンから引き離すつもりなら……刺し違えてでもおまえを殺す！」

目を真っ赤に爛々とさせ、牙剝く少女はオルトへと振り返る。激情のままにざわざわと毛皮が彼女の肌を覆い始め、牙もいっそう禍々《まがまが》しくなっていた。まだほんの少女ではある、しかし、人狼としての殺意は本物だった。思わずオルトが半歩下がってたじろいだほどだ。

「ノゾミ、……殺すだなんて、言ってはいけません」

殺気立ったノゾミを鎮《しず》めるように、シエンはそっと彼女の頭に手を置いた。少女は興奮のままに毛を逆立てて唸り続けていた。

「うう〜〜〜！　う〜〜〜！　シエン！　あたし地獄に行ってあげるって約束したもん！」

「ノゾミ――」

「ほんとは一人が寂しいくせに！」

牙を剥いて、目を潤ませて、ノゾミはシエンをじっと見上げた。その言葉にシエンはグッと言葉が、心が、詰まった。その反応が何よりの返事になってしまった。

寸の間の沈黙――鎧の腕が、少女を抱き締める。

「……ごめんなさい、ノゾミ。ありがとう」

困ったような、しかしどこか悲しくて、でも温かい声音だった。「いいよ」、とノゾミは鼻をズビとすすりながら、小さく笑った。

かくして。シエンは改めて、オルトへと向いた。

「ありがとう、優しき隣人よ。ノゾミが世話になりました。……きっと、何が最良なのかは、それぞれの心によって千差万別なのでしょうね。……だからこそ私は――私にとっての最良を、信じることにします」

オルトは――何も言わなかった。『何も言えなかった』、が正しい。言葉を紡げない歪んだ口元は……やがて完全に閉じられる。深呼吸と、閉ざされる目蓋と、横に振られる首。

「そうかい」

言下、オルトは踵を返した。ごうっ、と風が吹いた。それは雪を巻き上げ、真っ白な幕となって、シエン達とオルトの間を隔ててしまう……そうして風がやんだ頃、そこにはもう、オルトの後ろ姿はなかった。

ノゾミはしがみついていたシエンの体から降りる。そして無言のまま、彼の手をしっかりと握った——ぎゅっと、大きな手が、それを握り返す。

●

オルトが追跡してくることはなかった。やがて風は止む。地獄へと続く道は誰も使っておらず、荒れ放題で、茶色くしなびた草がまばらにしなだれ、ごろごろとした砂利や岩が目立ち、シンと静まり返った、命の気配のない荒野だった。薄暗い朝。しかし道の先の大山の頂《いただき》には、不思議な光がぼうと灯っている。神秘的であり、どこか恐ろしくもある。

「なんか……だんだん寒くなってきた」

防寒具を羽織ったノゾミの吐息は白い。

「地獄を包む冷気が流れてきているのでしょうね」

ごらん、とシエンは前方を指さす。道の果てには、唐突に白い壁が立ちはだかっていた。

いや……白い壁ではない。いきなり猛吹雪が始まっているのだ。さっきの一時の風が巻き上げた雪風なんぞとは比べ物にならない、自然界では発生し得ないその怪現象は、明らかに魔法によるものだった。ぬっくと現れた不気味な純白に、ノゾミは不自然さゆえのおぞましさを感じた。耳をそばだてなくても、「ゴオオオオオ」という吹雪の唸りが聞こえてくる。

「この先に……地獄が」

「……そうですね。覚悟はいいですか」

一歩前のシエンが、振り返る。ノゾミは頷き、服に手をかけ、緩めながら狼の姿へと変身する。初めての変身の時より少し大きくなっていた。また、そのふさふさとした毛並みもつやつやしており、光を吸い込みつつもわずかに照り返す漆黒は、深夜のように美しかった。

「いつでもいいよ」

人狼は魔の存在。狼の姿でも人語を操れる。「服だけお願い」と鼻先で脱いだ服をつつけば、シエンがそれらを拾い上げ、畳んで、狼の背にあるリュックの中にしまい込んだ。

かくして白い兜の顔が、黒い獣の顔が、純白の地獄へと向いた。

一歩。ごうっ——白い壁へ踏み込んだ瞬間、聴覚を嬲《なぶ》るのは雪嵐。目の前が、真っ白になる。

シエンは神聖魔法による防御の膜で自分とノゾミを包む。温かな光によって吹雪が直撃しないようにする。それでも容赦のない寒さは、ノゾミが自身に用いる火の魔法で身を護った。

「……すごい。全部全部まっしろ」

凍り付いた硬い雪を、狼の足は容易く踏みしめる。足裏の毛と爪がスパイク代わりになる。

「雪、見るの初めてじゃないけど、こんなにごうごう吹いてるのは初めて」

ここが平和な場所であれば、走り回ってしまいたくなるような。外から見た時は異質さにぞくっとしたけれど、幼心に何もかもが非日常な光景は、ドキドキしてしまう。

「私も……こんなにもすさまじい吹雪はそうそう出会ったことはないですよ。想像以上ですね……氷魔法使いに暴風雪の魔法を常に浴びせられているような……」

シエンほどの術者なので容易く進んでいるように見えるが、これほどの暴風雪を常にしのぎ続けられるほどの術を常に展開することは、過去においてもよほどの魔法使いでなければ難しいだろう。現に、飛行魔法で一気に『ショートカット』することは、シエンでも、「危険だ、やめておこう」と判断するほど、この山は吹雪が脅威に姿を変えて吹き荒れていた。

ノゾミはそのことを知らないまま、「思ったよりラクチンに進めるなあ」と思いつつ。

「魔法なかったら歩けないな」

「ですねえ。ノゾミ、冷たくないですか」

「へえき」

ノゾミは尻尾を揺らした。黒い毛皮に点々と雪がついている。隣のシエンはストックで前方の足場を確かめつつ、アイゼンをつけた鎧の足で、徐々に傾斜が強くなっていく道を進む。ノゾミも鼻と耳に意識を集中させて、不穏がないかを警戒する。視界は四方八方全てが白く、吹雪の残酷な音ばかり。まるで、何もない白紙の世界を歩いているかのようだ。

「シエン、どうやって真っ直ぐ歩いてるの？」

目印も何もない。ノゾミにはここがどこだか全く分からない。

「自分の足跡に魔力を微かに残してマーキングしています。それを頼りに」

「へー、すごい」

「魔力の感知はなかなか奥深い技術ですよ。まず感知においても、『存在を感じる』のか、『目視する』のか、変わった人は『音』や『味』なんかで感じ取っていましたね。極まった人は、いつ誰がどんな魔法を使ったのか、現場に残った魔力の残滓で判別することができて……かつてはそういった人が魔法による犯罪を取り締まっていました」

「へえ……じゃあ、魔力の跡を消す魔法もあったりするの？」

「あるにはありましたが、それでも『魔力の痕跡を消す魔法の痕跡』がどうしても残ってしまうので、やはりプロには何かしら看破《かんぱ》されてしまうのがオチですね。本当に魔力の痕跡を消すのなら、魔法ではなく、それ用の道具や生き物を使うことが多かったです」

「いろいろあるんだなあ」

その言葉に対し、シエンは、「きみも練習すればいずれ使えるように……」と言いかけて、口を噤んだ。もしここにあるのが本当に地獄なら、もう未来なんてないのだから。

そんな中、ふと――視界に黒が現れる。それは瓦礫だった。明らかな人工物の痕跡だ。詳細は雪に白く覆われて何とも言えない、瓦礫としか呼べない。進むほど、それは視界に増えていき、そして――崖のように、二人の目の前に立ちはだかった。それは急な山肌に沿って造られた……塔だろうか？　神殿だろうか？　城塞だろうか？　寺院だろうか？　それらの要素をミックスしたような、どことなく厳かで神聖な雰囲気がある。黒い石でできており、大小様々な幾つもの建物が連なるように造られていた。そして、とてもとても古いものだと感じ取れる。所々が崩落し、つららが垂れ下がってしまってはいるが。

「シエン、これなに？」

「この建築様式……、かつて、神聖帝国と敵対していた国の国教の寺院ですね」

シエンの声に、ほんのり苦いものが混じった。生々しいのでノゾミに詳細は話さないが、互いに邪教徒・狂信者といがみ合っていた不倶戴天《ふぐたいてん》の国家・国教である。これはシエンの主観だが、この忌むべき宗教は侵略的雑草のようにそこらじゅうに教会や寺院を建て、土着宗教を見境なく併呑《へいどん》していった、随分と図々しい『邪教徒』だ。

「階段みたい」

そんな大人達の事情は知らず――遠吠えのような姿勢で見上げるノゾミがふっと言う。岩肌を凸凹と這うように在るその人工物は、うまく伝い登り歩けば、階段のように山を登れそうだ。もしも山を内部から登れるような構造があれば、ぐっと登頂が楽になる。

「階段……言い得て妙ですね。使ってみましょうか」

半ば崩落した『入り口』を目指す。黒い瓦礫の、見上げるほど立派な門が吹き晒されていた。

しかし。吹雪の中、ノゾミは本当に微かな羽音を聴いた。振り返る――白の中から、白い何かが、おぞましい鉤爪を向けて急降下していた――

「うわ！」

思わず飛びのく。ノゾミがいた場所を、鉤爪が飛びすぎていく。それは白梟《しろふくろう》のような……しかしずっと巨大で、顔面に目はなく、ヤツメウナギの口のような顎《あぎと》が顔面のほとんどを占めた、不気味な魔物だった。ノゾミに遅れてシエンも気付く。猛吹雪の中をほぼ音もなく飛ぶ鳥の魔物——目が退化しているのは、この吹雪では視界がほとんど意味をなさないからだろう。

梟の魔物は吹雪の中に身を隠した。この暴風雪は魔法由来のものだ。シエンは自分の魔力の痕跡ならば吹雪の中でも感知できるが、吹雪という魔力に自らの気配を同調させて『消えた』あの魔物を、魔的な要素で感知することは非常に難しい。透視や霊視の魔法が意味をなさない、ということだ。シエンは不死であるがゆえ、別に魔物に小突かれた程度など、文字通り『痛くも痒くもない』。シエンだけならば別に、このまま魔物の襲撃を無視して強引に進んでもよかった。が、彼の隣にはノゾミがいる。さてどうしたものか、次の奇襲からどう彼女を護ろうか、めまぐるしく考えを巡らせた。強烈なバリア……できるだけ登頂に向けて魔力は温存したい。最後の手段にしたい。周囲を薙ぎ払う範囲攻撃魔法……雪崩の危険あり、論外。気合で見えた瞬間に殴り殺す……言葉にすると非常に野蛮だが、おそらくこれが一番いいが……。

「シエン」

身を低くして唸るノゾミが言う。

「あたしがやる」

「……分かりました」

「大丈夫」

　少女は意識を研ぎ澄ませる。吹雪の渦の中、人間を超越した聴覚で『無音』を聞き取らんとする。ごうごう――吹きすさぶ風――集中をすれば、ノゾミは雪の一粒一粒の音すら聞き分けることができる――……。

　そして、勝負は一瞬。

　再度の奇襲。それを狼は本能のままに身をよじって回避すると、電光石火、その顎で魔物の胴に食らいつく。魔物とはいえ鳥の軽い骨など、人狼の咬合力《こうごうりょく》の前では薄紙に等しい。羽と皮膚の下で骨が砕け、内臓が潰れる。牙が突き刺さり血管が破れ、唸る狼に振り回されて、羽ばたけど無為、命を丸ごと圧砕された。こうして戦えるようになったのも訓練の賜物だった。人の姿でも、狼の姿でも、自分の身を護れるように、ノゾミはシエンから教わっていたのだ。

　狼は雪上に魔物を投げ捨てた。真っ白の中に赤い色が広がっていく。魔物は痙攣している。ノゾミの口の中には、血の味が甘美に広がっている……。

「……圧巻ですね。助かりました」

　興奮に毛を逆立てている狼に人の心を戻すように、シエンはその頭を撫でた。ふす、と自分の口元を舐めたノゾミが鼻を鳴らす。警戒は未だ解いていない。

「たぶん……まだいる。何匹か」

血だまりを広げていく死体を一瞥してノゾミが言う。獣の耳がレーダーのようにくりくりと辺りへ向けられる。シエンは暴風雪の空を見上げた。白に閉ざされ何も見えない。

「そうですか。……急ぎましょう。建物の中までは追ってこないはず」

目の前の廃墟を指さした。ノゾミは頷き、四つの脚で急ぎ黒を目指す。聞こえない羽音がたくさん、背後から追ってくる。それらが追いつく前に二人は建物内へ飛び込んだ。

●

廃墟の中は真っ暗だ。シエンは展開していた防御魔法の質を変え——建物内なので吹雪を防ぐ必要はない——辺りを照らす光を纏う。照らされた岩壁には幾何学模様による神秘的な装飾が施されていた。シエンが言った寺院、という言葉は真らしい。

「この建物つくったひとが、ここに雪を降らせたの？」

「おそらくは。大戦から聖域を護る為に、吹雪の魔法でここを閉ざしたのでしょうか……」

「ここの魔法はいつか解けるの？」

「それも分かりません。いつか唐突に消えるかもしれませんし、永遠に続くかもしれません。あるいはいつか、すごい魔法使いがこの魔法を解除してしまうかも。……尤も、この吹雪の魔法は途方もない強度なので、そうそうあり得なそうな話ではありますが」

この吹雪の魔法は、少なくとも熟練の魔法使いが数十人以上の規模で展開したものだろう……とシエンは考察する。とても個人で解除できるような代物ではない。

（そうまでしてこの山を護りたかったのだろうか）

本当に、『地獄』はあるのだろうか。……切望が、男の脈動しない胸を打つ。今回もまたダメだったなら。次に『次』の手掛かりを摑めるのはいつになるのだろう。いつまで心を人間として保てるだろう。先のことを考えるといつも不安になる。考えを止め、無意識的に視線はノゾミへ向けられていた。彼女はぷるるっと身を震わせて、毛皮の雪を飛ばしていた。雪粒がシエンに少し飛んで、たったそれだけで、シエンの心はなんだかじんと柔らかくなるのだ。

「……？　なんで撫でる？」

「いや、なんとなく。……進みましょうか」

光を頼りに二人は進む。建物は蟻の巣のように山をくりぬき作られているようで、風雪や魔物による損傷や崩落が見受けられなかった。ボロボロに劣化した絨毯、壁を飾る布、古びた壺や机などの調度品が転がっている。どれも古の、神秘主義的な趣《おもむき》を感じ取れる。そして至る所に魔法による発光道具が埋め込まれており（見た目は透明な小石。それが岩壁にちりばめられている）、最盛期の頃は文字通り、『輝かしい威光』を放っていたのだろう。シエンが見たところ、道具はとうに壊れており、残念ながら使えなそうだ。

当然ながら人間がいる気配は皆無である。よく見れば戦いの痕跡が幾つか……寺院の中に誰かが攻め込んだのだろうか。それにしては不思議なほど死体がない。魔物に食われたとしても、服や骨や装備の欠片などが残っていそうだが。

（死体を魔法で消滅させた……？　だとしたら、相当な殺意だな……）

死体すら残すまじ、というドス黒い怨恨《えんこん》。……とはいえ、普通に侵入者を撃退し、死者を処理し、何かしらの理由でここを退去した可能性もあるけれど。

「真っ白の次は真っ黒かー」

ノゾミの狼の爪が廊下をチャカチャカと掻き歩く。その目は暗闇でもよく見える。辺りを見回し、耳をそばだて、すんすんとノゾミはにおいを嗅ぐ。埃っぽく古めかしいにおいがする。

と、風の音が聞こえて、そちらを探ってみると、朽ちかけた荘厳な扉を見つけた。

シエンにそのことを伝えれば、彼は扉をしばし眺め、罠などがないことを確かめた後、ゆっくりと開いた。経年劣化しているもののどうにか開く。風が吹き込むと共に光が射した。上り階段になっていて、その向こうは真っ白な外に繋がっている。階段には雪がうっすら積もっていた。

目指すべきは登頂、ゆえに上り階段がルート。階段を上っていく。そうすれば、階段の天辺——風がびょうと吹く、シエンは再び魔法を変える——山を這うように設《しつら》えられた階段がそこにあった。黒い石造りで、渡り廊下のように屋根がついており、人間の腹の位置ぐらいまでの壁がある。吹雪がなければ絶景が見られたのだろうか。

「階段あってラッキーだな」

「そうですね、——」

し、と身を屈めるシエンが人差し指で静かにするようノゾミに指示した。ノゾミはその仕草ですぐに全身に警戒を張り巡らせる。四つ足のノゾミには壁で見えないが、シエンには——吹雪の向こうに巨影が見えていた。それは不気味なほどに足の長い、何か、四本足の生き物だ。胴体は立派な一軒家ほどあり、それを何十メートルはあろう長い長い足で支えている。切り立った山肌をものともせず足場に、この吹雪の中で姿勢を崩すことなく、悠々と佇んでいる。詳細な姿は吹雪でよく見えないが、歪な球体をした輪郭だけが辛うじて見えた。見えにくいからこそ、その魔物は『正体不明』という脅威を纏う。

「……何かいた？」

小声でノゾミが問いかける。シエンは黙ったまま頷いた。狼も表情を引き締める。

二人はしゃがんで、低い壁に身を隠すようにしてゆっくり階段を上ることにした。アレがどのような感知能力を持つかは不明だが、発見されてこの階段を攻撃されれば真っ逆さまだ。

しかし直後、例の魔物が移動を始め、岩肌を足が削る音にノゾミは背中と尾の毛を逆立てる。すごくすごく大きなモノがいる……身を低くして、心臓を早打たせた。

足音、は……近付いてくる。シエンは立ち止まり、ノゾミもそうした。どすん……ごり、がらがら……ゆっくりとした足音。こっちに気付いたのだろうか。

「シエンどうする」

「もう少し様子を見ましょう」

攻撃するかこのまま隠れるか。悩みつつの小声のやり取り。途方もないものの接近にノゾミは震えた。耳は伏せられ、尾は内に巻いてしまっている。シエンの片腕が抱き寄せてくれた。守るように包み込んで、毛皮をよしよしと撫でてくれる。

「大丈夫」

もしも落下した際は防御魔法で衝撃を和らげるつもりだった。その間にも足音は近付いてくる。やがて――あまりに巨大な足が、階段を『跨いだ』。三本指の、不気味に白い、人間の掌のようなモノが、頭上を通り過ぎて、一瞬二人のいる場所が影になった。垣間見えた魔物の姿、胴体らしき部分の後ろ姿は、人間の頭部にとても似ており――髪などの毛はなく、上から半分が潰れたようになかった。

……足音は遠ざかっていく。ほっ、とノゾミは息を吐いた。これまで見てきた魔物は、最大でもせいぜい象ほどの大きさだった。あんな、ものすごく長いしデカいのは遭遇したことがない。造形にしても極めて不気味で、それだけあの魔物が異質でありおぞましい存在であるのだと本能で理解した。

「なんだ今の……」

「魔物……ですね」

「人間みたいな頭してた……アイツもともと人間だったのか？」

「おそらくは」

ノゾミは口を噤んだ。

そんな彼女のふかふかとした黒い額を撫で、シエンは、「さて、行きましょうか」とノゾミを不安がらせまいと努めて柔らかな声で顔を上げた。だからノゾミはそれ以上、あの『魔物』について言及することはやめた。

——吹雪く階段を上っていく。

壁の部分や天井部分には、この神殿が信仰していた神話やら聖なる言葉やらが彫れているようだが、雪が張り付いていたり磨滅していたり、文字も喪われた言葉だったりと、読むことはできない。

「……なんだかさ」

また『さっきの』がいたらまずいので、小さめの声でノゾミが言う。

「いろんなもの遺しても、みーんな死んじゃったら、それがなんなのか誰も分からなくなって、古くなって、壊れてって、忘れられちゃって、無意味になるんだな」

「……そうですね」

神聖帝国も、シエンがいなくなれば、あの風景を覚えている者は誰もいなくなる。どんなに懸命に生きた証も、いずれは忘れ去られて消滅してしまうのだろう。それを、「だから生きることは虚しい」と捉えるか、「だからこそ刹那の命を全力で生き抜く」と捉えるのかは、人それぞれだろうか。

会話が途切れると、びゅうびゅうと吹雪だけが静寂を埋める。地獄へ向かうふたりだけの足音が、延々と続く。人の二つの脚の音、狼の四つの脚の音。静寂は思案を連れてくる。忘却に葬られた人工物。死へ向かう旅。地獄。生きる。死ぬ。命。

「あのね、シエン」

シエンの隣、獣の姿で階段を上りながらノゾミが言う。

「あたしね、生まれてきてよかった」

二人は立ち止まる。目の前、階段の一部が抉れて崩落し、二メートルほど先にまた同じ階段が続いている。

「何の為に生まれてきたんだろう、何の為に生きてるんだろう、って、あたしずっと思ってた。いろんな人から死ねって言われて、嫌がられて、生きてちゃいけない人狼なのに……なんにもない人間なのに……」

先にノゾミがぴょんと跳ぶ。待ってるよ、と言わんばかりに尻尾を揺らし、振り返る。そうすればシエンが鎧の巨体で軽々と跳躍し、着地した。

「でもね、今はね、あたし分かるんだ。あたしね、シエンと一緒に死んであげる為に生まれてきたんだよ。だからシエンの為に死ぬことなんて怖くないんだ。あたしね、すごく、幸せなんだよ。なんにもないわけじゃなかったんだよ。あたし生まれてきてよかった。生きててよかった。ありがとうシエン。あのとき助けてくれて。あたしのこと生かしてくれて。あたしに名前を、いろんなものをくれて。本当にありがとうね、シエン」

傍のシエンの掌に、狼はすりりと頭をすりつけた。真っ赤な瞳が男を見上げる。見下ろす男は掌で狼の額を撫で、耳の後ろを掻き、喉の下を撫でてやった。狼は目を細めて鼻を鳴らす。兜の奥の、かつて目があった場所を見つめている。

「どういたしまして、ノゾミ」

男は、その言葉で精いっぱいだった。他にどんな言葉を紡げただろうか。

——過去にも、ノゾミのように理不尽な死を迎えようとしていた者を救ったことは、何度かある。野盗や魔物に襲われていた者、謂《いわ》れのない罪で殺されそうになっていた者、災害や事故に巻き込まれ致命傷を負った者、などなど……。中には深い感謝と共に、献身を捧げてくれようとした者、旅の同行を願い出た者も、何人かいた。だが彼らは、シエンが死を求めていると分かると、それをとことん否定し、生きるよう説得し、シエンの考えが間違っていると必死になって訴えた。

彼らの事情は、分かる。誰だって命の恩人が死のうとしていたら狼狽するだろうし、笑顔で「そうか、死んでらっしゃい」と言えるはずがないだろう。けれど。シエンにはそうなるに至った残酷な『事情』がある。悲しい『理由』がある。それを説明したこともある。しかし彼らはシエンに生きろと叫び続けた。その善意はありがたくはある。中には涙する者もいたほどだ。そこまで想ってくれたことを、幸せに思う。それでも、シエンは立ち止まることはしなかった。できなかった。

だからこそ。初めてだった。シエンの旅に、終焉に、否定を投げかけずについてきてくれた者は。隣に立ってくれて、笑顔でいてくれて、そばにいてくれて、――「嬉しい」と、思ってしまった。残酷に。浅はかに。愚かしく。ノゾミとの日々は、シエンにとって、とても温かくて、やわらかくて、穏やかで、幸せで、満ち足りていて、鮮やかで、嬉しかった――。

「どうか私を御赦しください」――心の中で吐いた言葉の先には、誰もいない。何に赦しを求めているのか、赦されたらどうなるのか、シエンは自分でも分からない。


「シエン大好き」


　狼の姿をした少女は、人の形を失った男に寄り添って歩く。「でもね、本当はね、シエンに生きて欲しいんだ」――そんな言葉は胸にしまって。だって、ノゾミはイブルの悲劇を知っている。死ねない身体に魂を永遠に閉じ込められて、少しずつ自分が自分でなくなっていくのは、とても残酷で恐ろしい。想像するだけでもぞっとするのに、シエンは当の本人なのだ。その恐怖や不安は推し量れぬほどである。だから簡単に、軽率に、剥き出しの善意のままに、「生きて」なんて言えるはずがない。

　それでも――大好きだから――もっと一緒にいて欲しくて――……。

（どうしたらいいんだろ。何が正解なんだろ。どうすればシエンが幸せになれるんだ

ろ)

地獄に行けば、この矛盾と葛藤からも解放されるのだろうか。

――目を閉じて、開く。階段の終わりが見えた。ここからはまた、凍り付いた真っ白な山道を登らねばならないようだ。斜面の銀世界。そこここに転がった黒い瓦礫。切り立った黒い急斜面に挟まれた、事実上の一本道。

しかし、ただでは進めなそうだ。道を塞ぐように魔物がいる。それは白い、鱗《うろこ》と毛皮で覆われた、大きな大きな、シカのような、六本の脚と首まで裂けた口を持った、魔物だった。複雑に枝分かれした大角は発光し、電気を火花のように散らしている。そいつの歯は全て臼歯のようだった。それをガチガチと噛み鳴らして不気味な音を立てている。口を開く度、真っ赤な口内が白の中に覗いた。

二人は身構え、集中した。――束の間だけ、葛藤に苛まれなくて済みそうだ。

「あたしやるよ」

シエンの足手まといになりたくない。それにシエンは魔力を温存せねばならない。

狼は牙を剝き、身を低く、毛を逆立てる。

町以外で二人の宿になるのは、いつだって壊れた建物の中だった。あれから少し進んだ先にあった、傾いた小さな建物――かつては祠《ほこら》かお堂か何かだったのだろうか、古めかしく尖った屋根が印象的だった――の中、火の明かりがゆらりゆらりと輝いている。窓は割れてドアも壊れて開きっぱなしだが、周囲を囲むように瓦礫があるおかげで、吹雪が直に入ってくることはない。寒いことに変わりはないが、火の傍にいれば暖かい。が、今、建物内には誰もいない。二人は跡地のすぐ外にいた。外に転がっていた瓦礫の傾斜を利用して、さっき『狩った』魔物を、首を下に立てかけ、解体していたのだ。

――戦いは一瞬で終わった。大角を振りたくり、突進してくる魔物に対し、ノゾミは四つの脚で姿勢を低く、疾風のように駆け――初歩的ながらも身体能力強化の術を自らに施し――左右に小刻みにジグザグに走ってフェイントをかけ、翻弄し、魔物が狙いを躊躇った瞬間、その喉元に食らいついて引きずり倒したのだ。人狼の顎に喉を噛みつかれて助かる生き物はいない。

「ノゾミ、きみは素早いからそれを活かして戦いなさい」――シエンの教えを、ノゾミは忠実に鍛えて再現していた。むしろその一点に特化したとも言っていい。本気を出し、魔法で強化した人狼の機動力はまさに迅雷。オルトら魔物狩りが苦戦し敗走した地獄の魔物達であるが、ノゾミは幼いがゆえの吸収力でシエンの教えを身に付けていた。シエンと出会ってから今日に至るまで、ノゾミの日々は訓練と勉強で彩られていた。尤も、一対一だった状況も大きいが。

「はふう〜〜〜……」

手を使って解体をする為、ノゾミは人間の姿をとっていた。もこもこと防寒具を着こんでいる。着替えは建物の中で行った。彼女はナイフを手に、雪がちらちら降り込んでくる場所で、一息を吐く。首を落として血を抜いた魔物の腹を裂き、内臓を取り出し、皮を剝ぐ――これまで様々な生き物、魔物で行ってきた処理作業。ノゾミはもうすっかり覚えてしまった。ナイフさばきもうまくなり、最初はモタついたりうまくいかなかったこともあったけれど、今ではテキパキとできてしまう。最近はノゾミが一人で全てできてしまうので、シエンは横で見守っているだけだ。

ノゾミの目の前には今、綺麗に皮を剝がれた魔物が横たわっていた。いろんな生物や魔物を解体してきたが、こうやって皮を剝いで中身を出せば、おおよそ生き物は同じ構造をしているなあ、とノゾミはいつも思う。なんて一段落もそこそこに、皮を剝いだ魔物を解体する。大きいので何もかも一苦労だ。人間以上の膂力《りょりょく》と体力を持つ人狼だからこそ、ここまでさくさくと解体を行えるのであろう。

「……上手になりましたね」

「ふふん」

さばくのは、魚も甲殻類も爬虫類もお手の物だ。日々生きてきた糧の分だけ、彼女は学んでいる。

いつも、肉をさばいた時は――食べきれない分は切り分けた後に防腐魔法をかけて、布で巻いて保存し、シエンの『魔法の鞄』に入れる。これはノゾミの次の食事になることはもちろん、町でたまに物々交換の道具にしたりする。また、シエンは町で見かけた浮浪児らに無償でそれらの肉を施したりもしている。ウサギやシカ肉ならいいが、魔物の肉の場合は、率直に「魔物の肉です」と言うと大問題になるので、ウサギっぽい魔物なら「ウサギの肉」、シカっぽい魔物なら「シカの肉」……と、嘘ではない言葉で売ったり施したりする（もちろん事前にシエンが調べ、ノゾミが食べてなんともない安全な肉である）。

「これだけあれば遭難しても大丈夫そうですね」

肉の解体を手伝いながらシエンが言う。ブラックめなジョークに、ノゾミはくすっと笑った。

「どうかな。あたしいっぱい食べるぞ」

丸ごと切り出した骨付きの腿肉《ももにく》を片手に、ノゾミは言った。フルスイングすれば人一人を撲殺できそうなほどの質量だ。これを焼いて食べたい、とノゾミはねだる。

「……多いですよ、切り分けませんか？」

「まるごと食べたいのー」

「いやあ……スネや外モモは硬いですから、柔らかい部分を今日は食べましょうよ。硬い部分は今度、煮込み料理に――」

今度があるかは分からないのに、思わずそう口にしてしまって。誤魔化すように、シエンは「そういうことですから」と濁した。

結局、シエンの言う通り、切り分けた内腿の肉をフライパンで焼いて食べることになった。ノゾミがねだるのでシエンが焼いてあげた。本当はノゾミも少しずつ料理ができるようになっているが――ノゾミはシエンの手料理が食べたかったのだ。程よい焼き目がついた肉には、潮騒草の実で塩味をつけ、町で買った黒胡椒をまぶす。シンプルにそれだけだ。

独特のにおいを、臭みと呼ぶか風味と呼ぶか。ワイルドなにおいがする肉は見事に焼き上がり、登山や寒さや戦闘で疲れたノゾミの食欲を刺激する。ナイフで分厚い肉を切ってみれば、中にまできちんと火が入り、脂の染み出るおいしそうな断面を見ることができた。いそいそと大きくカットした一切れを口にめいっぱい頬張る。少し硬いが問題ない、むしろこのぷりぷりとした弾力を思いっきり歯でガシガシ噛むことに命を感じる。脂の甘味、鼻を抜ける肉の風味、塩味と胡椒のスパイス、空きっ腹が悲鳴を上げるほどおいしい。狼の姿で食べてもよかったが、個人的に、ノゾミは人間の姿で、人間の手を使って料理を食べる方が、なんだかおいしく感じるのだ。

「おいしい、おいしいおいしい」

ノゾミは尻尾を振りたくり、がふがふ豪快に食べていく。「しっかり噛みなさい」と言われても、「わかってるよ〜」とほっぺをぱんぱんにして生返事。シエンはそんな様子を、温かな気持ちで眺めている。食事とは、命を繋ぐ行為である。潑剌《はつらつ》なまでに生きている瑞々《みずみず》しい少女は、命が止まってしまった男には、とてもとても眩しく見えた。

「ノゾミ。食べたら休憩をして、また出発です」

「ン」

「見張りは私がやりますから、食べたらゆっくり休みなさい。魔力をたくさん使ったでしょう」

「……うん」

「大したものです。周囲の警戒もしながら魔法を展開し続けるなんて」

手を伸ばし、ノゾミの頭を撫でた。三角の耳が後ろに倒され、心地よさそうにする。まだ食べている途中なのに、少しノゾミはうとうとしていた。そんな中で、ふと、少女は不安げに男を見上げる。その真意が分かる男は、小さく苦笑した。

「大丈夫。きみが眠っている間に、置いていったりはしませんよ」

「約束だからね」
「……ええ、もちろん」

●

暴風雪の山を登り続ける。ノゾミは再び狼の姿になった。廃墟の中を抜け、急斜面を登攀めいて登り、魔物を退け、安全そうな場所でしっかりと休憩をして。道なりは一筋縄ではいかない。なにせ登頂ルートも未発見の未踏の地。進んだ先があまりにも断崖絶壁で、迂回《うかい》や引き返さざるを得ない場合もあった。あるいは、安全そうな場所に膨大な魔物の群れが陣取っている場合もあった。魔物らはこの地獄めいた環境で生活しているに相応しい邪悪さを備えており、これまで交戦した魔物より明らかに凶悪であった。

吹雪の中に鋭利なワイヤーのような糸をしかける蜘蛛系魔物が縄張りにしているエリアなぞ、バラバラに千切れた魔物の死骸が転がっていたものだ。糸が火に弱いことが分かり、シエンが一瞬で光の熱で焼き払うことでルートを確保した。そうして現れた、白い毛で覆われた巨大な蜘蛛の魔物を、シエンが光の槍を放ち一撃で沈黙させる。シエンは頼もしい。隣のノゾミはほとほとそう感じる。ノゾミはここに来るまで傷一つ負っていない。飲食にも困らず、凍傷にもならず、休憩時に眠ることすらできていた。ありとあらゆる状況で、シエンはノゾミを最優先に行動し、護り続けていたのだ。

「ありがとう、シエン」――護られる度にノゾミはお礼を欠かさない。「ありがとうとごめんなさいを、いつでも言えるひとでありなさい」とシエンに言われてきたから。

そうして――一歩一歩、山頂へ近付いていく度、雪の嵐は強くなっていく。

シエンは防御の魔法の出力を上げた。この魔法がなければ暴風雪は絶対零度の壁となって、挑む者を押し返し跪かせたことだろう。目を開けて立つことすらままならないはずだ。今の時代の人間では、決してここまで来られまい。

（……妙だな）

シエンは訝しむ。てっきり、この雪の嵐はあの寺院を護るように展開されていると思っていた――つまり寺院から離れた山頂は嵐が緩むと思っていたのだが。

（やはり山頂を護るように……）

不安と期待がないまぜになる。急斜面の中、もう世界は全て白に塗り潰された。あまりに激しい雪嵐のせいか、山頂付近からは魔物すらもいなくなった。魔物が凍り付いた凍死体が、ここに至るまでに稀に見かけられたほどだ。

ざきゅ、ざきゅ、と雪を踏みしめる音。鎧の男と狼の少女は隣り合って進む。耳を劈き続けるのは、絶叫のようなブリザードの音だ。

「ここまで――厳しい環境は、流石に初めてですよ」

これまでシエンは普通の姿勢だったが、今は片方の掌を前方にかざしている。そんな動作が必要なほど、防御の魔法の出力を高く維持せねばならないということだ。魔法とはイメージに直結する。ゆえに魔法杖という補助具による、指揮棒めいた動作は『補助』となるのだ。

「うん、雪って怖いな」

大声を出さないと風の音で掻き消されてしまう。シエンも、それに答えたノゾミも大声だ。ますます周囲の気温は下がり、ノゾミも自身を包む火の魔法を強くせざるを得なかった。自分の毛皮を信じ、雪と直接触れる足裏に魔力を集中させ、背中側はあえて『手薄』にしていた。

二人が見澄ますのは、白い嵐の向こうの、ぼうとした光。この激しい嵐の中でも、その朧な光は、誘うように、導くように、嘲笑うように、二人の上で輝いている。その光は確かに、近くなってきている。

あの光の向こうに――地獄《おわり》はあるのだろうか。

二人は胸に抱いた想いを、口にすることはない。口にすることが、なんだか怖かった。

しかしその瞬間であった。彼方に見えていた光が、不意に見えなくなる。まるで何かに覆われたように。何か……影があった。何か大きなものが、シエンとノゾミの行く手を阻んでいた。

それは——回廊で見かけた、巨大な魔物だった。四つの長い腕を檻のように斜面に下ろし、下半分だけの頭部で、『小さな』二人を覗き込むように見下ろしていた。もごつく口は上唇と下唇がどろどろに溶けて癒着して、もう何も言葉を発しない。

次の瞬間だった。怪物の周囲に光が瞬き——それは剣の形になると、シエン達へとすさまじい速度で射出される！

「ッ！」

シエンは防御の魔法を展開した。光り輝く幕が彼我の間にオーロラのように輝き、光の剣の切っ先から自分とノゾミを防御する。「うわ、」とノゾミが身を竦ませた。

最中にシエンは胸に引っかかりを覚える。

（これは……神聖魔法……）

光の剣による攻撃。同じ魔法を扱う者だからこそ、シエンはその魔力の性質に気付く。神聖魔法を使える存在なんて、『自分達《神聖不滅騎士》』ぐらいしか——

（まさか、）

シエンは、怪物の上から半分のない『顔』を間近で見つめ、古い記憶が、揺さぶられた。違和感はやがて直感へ、そして残酷な確信に変わる。イブルとの会話が脳裏をよぎる。

——「あの……もう一つだけ。サギリは見つかりましたか？」

——「……いいえ」

——「そうですか、……」

——「無事でいては欲しいのですが……、あれだけ激しい復讐に駆られては……」

——「……サギリの噂を聞いたら、あなたに伝えるようにします」

——「そうしてください、助かります」

「……サギリ……」

忘れようものか。シエンは『リーダー』として、部下全ての顔と名前を覚えていたのだから——たとえ彼の顔が半分でも、自分の顔は朧になってしまっても——それは長として部下のことを忘れてはならないという激しい使命感と責任感だった。

呆然としたシエンの呟きに、「え？」とノゾミは顔を上げる。彼は信じられないように『それ』を見つめて声を震わせた。

「サギリ……神聖不滅騎士の一人です。大戦下、祖国がなくなって……復讐せんとひとり敵国へ向かって、そのまま……行方不明になっていた、私の部下です」

直視したくない裏付けもある。あんな恐ろしく成れ果ててしまう魔物は……神聖不滅騎士の成れの果てぐらいしか心当たりがなかった。イブルの成れの果てが激情と混乱と狂乱だったならば、このサギリは、どこまでも広がる虚無と無機と失意。——こんな姿になってしまうまで、サギリを見つけて救えなかった自らを、シエンは責任感ゆえに悔いた。同時に感じるのは、胸を掻き毟りたくなるような不安——いつもそうなのだ——部下が壊れていく度に感じる恐怖、絶望、無力感。部下達の「壊れる前」を知っている——あるいは忘れられない——がゆえの、苦痛。

「サギリ、きみは、まさか……」

サギリは復讐の為、団から独り離れ、怒りに任せて敵国へ向かった不滅の騎士。そこから彼が何を成したのかシエンは知らない。だが、おそらく、破壊の限りを尽くしたのだろう。幼い我が子の恨みを晴らさんと、復讐の鬼となったのだろう。この雪山の寺院は、神聖帝国と敵対している教団のものだった。彼がここに現れ、死体すらも残さぬ大虐殺を行ったことは想像に難《かた》くない。そして——そんな苛烈な復讐を果たした果てが——こんなにも冷たく、静かな、絶望なのか。

サギリからシエンが感じるのは、ぞっとするほどの虚無だ。「もうなにもない」、なにもない、なにもない、何をしても意味がなくて何もない——流浪の果てにこの吹雪

に閉ざされ、氷に閉ざされ、冷たい無間《むけん》地獄に閉ざされて、サギリは壊れてしまった

のだろうか。地獄の主、の話をふっとシエンは思い出していた。彼こそが、そう呼ば

れてしまうほどの恐ろしい魔物になってしまったのか。

――もしかしたら、サギリからはもう、シエンは『敵の邪教徒』に見えているのか

もしれない。まるでこの先には進ませないと立ち塞がるサギリには、山頂の輝きが

――光を尊ぶ民として、祖国に見えているのかもしれない。いずれにせよ、そこには

もう、神聖不滅騎士としての気高さも、人間としての理知性も、何もない。そこにい

るだけで、かつてのサギリの尊厳を凌辱し続けるような有様に成り果ててしまってい

る――そんな事実が、対峙するシエンの心すら、重く苦しく軋ませた。

同時に思い出してしまう。彼の妻であった騎士、副団長ロウカ――最後までサギリ

を案じていた。錆び始めてからは、「サギリに会いたい」「早く迎えに来て欲しい」「彼

の復讐はいつ終わるの」「私よりも復讐が大切なの」と何度も繰り返すようになり、

そうして最期は、私は夫に捨てられたのだ、最後の家族に見捨てられたのだと悲嘆と

恋しさに狂い壊れ、災厄と化した。

「……いいでしょう。きみを終わらせます」

シエンには、そんなサギリを『解放』する手段がある。あるいは今感じている苦し

さから一時的に目を背ける口実がある。彼の言葉の直後、サギリが家ひとつ程度なら

容易く潰せるほどの大きさをした『手』を振り上げた――

「ノゾミ、」

私の後ろへ、と言いかけた言葉を飲み込んで。

「――下がって詠唱します。その間、サギリの注意を乱して！」

「わかった！」

シエンはブリザードを防ぐ防御の魔法をノゾミにも施した。魔力の消費が大きくなるからこそ、短期で決めねば。

狼が飛び出していった横、騎士は巨大な光の槍を足元より大量に作り出すと、振り下ろされるサギリの掌を貫き迎撃し、押し留め縫い止めた。その隙にシエンはバックステップ、吹雪に紛れて姿を眩ませる。ブリザードの中、浄化の為の詠唱《祈り》を始める。

「ガうッ！」

ノゾミはサギリの腕脚を駆け上る。そのまま頭部へと跳び上がり、陶器のように白くて冷たい鼻に狼の顎で噛みついた。硬い――牙が通らない。まるで鎧のようだ。だけど。後ろにいろ、ではなく、足止めを任されたのだ。ノゾミはそれに応えたい。

「グルァアアァッ！　ガウウ！」

こっちを見ろと吠え立てる。そうすれば一つの手がノゾミを握り潰さんと迫った。獣は跳び、吹雪の中、雪原に降り立つ。相対――サギリの周囲に光が瞬き、刹那、光の矢が無数にノゾミへ跳んだ。

「っ――!」

獣の反射神経を研ぎ澄ませる。黒い旋風のように、死に物狂いで掻い潜る。一瞬前にノゾミがいた場所に死が突き刺さる。かわしきれない分が掠《かす》める。痛いけれど――『家族』から集団で振るわれた痛みより、マシだ。断頭台で投げつけられた石の痛みより、マシだ。この一秒が、一瞬が、全てシエンの為になっているのなら、なんてことはない。痛みすら誇らしい。

咆哮――サギリの腕脚の一つに嚙みついた。やはり硬い、牙が刺さらない。だけど。

(なんの為に! なんの為に、あたし、人狼なんだ! ――この時の為だろ!)

きっと人狼にならなければ、今も薄汚いあの町で、狭い世界で何も知らず、無知ゆえに幸福に生きていたのだろう。だけど今のノゾミは胸を張ってこう言える。

(そんな幸せ、あたしは要らない)

人狼《バケモノ》でよかった。――血の奥の、戦争の記憶を、魔物の因子を、ノゾミはもっと激しく目覚めさせる。

「うううぅぅうううウウウウウッ!」

ざわざわと毛皮が波打つ。『ただの大柄な狼』だったノゾミの姿は、より魔物らしく。爪はナイフのように伸び、体も更に大きく、牙は禍々しく、目はおぞましく爛々と赤く光った。

メキッ、と音を立てて牙がサギリの装甲を貫いた。ノゾミは膂力を漲《みなぎ》らせ――サギリの途方もない巨体を、雪の上へと引きずり倒す。

雪煙。衝撃と、視界を染める白。――どうだ、とノゾミは束の間、気を緩めた。その時にはもう、癒着していたはずのサギリの口が開き、歯のないそこからノゾミへ巨大な光が放たれて――

「――よくがんばりました」

割り入るのは白銀の鎧。かざされる掌が光の壁を作り出し、破壊の嵐を防ぎきる。

「シエン――」

狼の視線の先、シエンは横を向くようにノゾミへと振り返り、微笑んだ気がした。

光。

――その後には、静寂。

目を眩ませたノゾミが目蓋を開ければ、そこにサギリの姿はなかった。あるのは、雪原という『空白』だけだった。

「……終わった？」

「はい。……ありがとう、ノゾミ」

ノゾミへ向き直るシエンが、狼の頭を撫でる。優しく、ゆっくり――心が温かくて、体の傷が消えていって、痛くなくなって――ノゾミは、自らの異形化した体が、元の狼の形へと戻っていくのを感じた。きゅん、と狼は喉を鳴らし、鎧にすりすりと甘えついた。

ゆっくり、体が離れる。視線をかわした二人は、同時に山頂の光へ目をやった。

「……いきましょうか」

「うん」

歩き出す。吹き荒れる雪嵐の中。

いっそう傾斜はきつく、サギリとの戦いで消耗した二人を苛んでいく。

風の音は暴力的で、自分の呼吸の音すら聞こえない。

（あと少しで……終わっちゃう……）

近付いてくる光を見据えたまま、ノゾミは思う。

（あれが本当の地獄なら……あたし達、終わるんだ……いなくなるんだ、この世界から……）

思い返すのは、最初の出会い。断頭台。罵声。曇天。抱き上げてくれた白銀の腕。温かな食事。湯気。月。星。夜空。外の世界。草原。青空。花。川。戦争の跡。魔物。町。賑わい。かわいいワンピース。リボンのついたボンネット。おいしいごはん。ごはんの作り方。ごはんの探し方。文字の読み方。書き方。魔法の使い方。かつてあった戦争のこと。冷たくて温かい腕。撫でてくれる掌。優しい眼差しを感じる暗闇。理知的で柔らかい低い声。大きな体。広い背中。翻るマント。輝く花の紋章。「ノゾミ」、与えられた名前。

（あれ……？）

一個ずつ思い返すと、とても濃密だけれども、思い出の尺がそこまで長くないとノゾミは思う。そうだ。シエンと知り合って、出会って、何年も経ったわけではないのだ。正確に数えてはいないけれど……まだ、出会ってから、もしかしたら、『ちょっと』しか、一緒にいないのではないか？　ノゾミから見て『少し』なのだから、シエンからすれば本当に、瞬きぐらいの『一瞬』なのではないか？　自分はシエンの人生において、光の瞬き程度もない――そう思うと、独占欲と執着と寂しさが、湧き上がるように顔を出す。

（あ……ヤダ……あたしもっと……シエンとずっと一緒にいたい……物足りない……もっともっと長い時間、一緒にいたい……！　あたしこんなにしあわせなのに……！　もっともっと楽しいこと、しあわせなこと、知りたい……生きたい……シエンともっと一緒にいたい！）

でも、立ち止まれない。こんなところで立ち止まれない。「引き返そう」ももう言えない。他ならぬシエンの望みでここまで来たのだ。彼を否定したくない。彼を綺麗に終わらせてあげたい。だからどんなに心が苦しくても、つらくても、進むしかない。あの光へ。地獄へ。地獄へ。

（どうして？　シエンはなんにも悪いことしてないのに、こうまでして終わりを探さないといけない？）

そうして、断頭台でのあの日を、少女はふと思い出した。――「悪いことをした記憶はない」。あの時もそうだった。あの時も、そう思った。

「シエン、シエン」

迷子のように少女は呼んだ。

「大好きだよ」

いろんな思いをそこに込めた。流れそうな涙すらも飲み込んで、笑顔に変えた。

「……ありがとう、ノゾミ」

少し振り返り、シエンが笑う。目と目が合う。

「ほんとだよ。あたし、シエンのこと大好きだよ。世界で一番だよ」

「ふふ。光栄です」

「あのね……本当に感謝してるし、大好きなんだよ」

「ありがとう」

「シエン……シエン……あのね、あたしね……、……」

シエンは立ち止まり、ノゾミへ向き直る。白いマントが翻る——。

「私もきみのことが大好きですよ。とても大切だと思っています。こんなに楽しい旅ができて——嬉しかったです。幸せです。きみがいてくれてよかった。……だから……——」

ごおうっ、と風がひときわ吹いた。男の言葉を掻き消した。男はそれでもかまわないと思った。天命がそうさせじと動いたのなら、それもまたさだめだと。

しかし。

狼の耳は、地獄の耳だった。

「ゆるすよ」

「シエンのことゆるすよ」

しっかと聞こえたのは、「だから、どうか、私のことを赦してくれますか」——そんな囁きだった。ノゾミがシエンの声を聞き間違えることなどなかった。ノゾミには、どうしてシエンが赦しを乞うのか、何の赦しを乞うているのか、分からなかったけれど。でも、シエンは何も悪くないのだから、赦されて当然だと、思った。

「——、ありがとう」

騎士に表情はない。だけどノゾミには、彼が泣きそうな顔で笑ったような気がした。だから狼はするりとその手に頬を寄せた。

顔を上げる。

目の前は白い。

これは雪の——違う、光だ——

光に包まれて——もう何も見えなくて——

「ノゾミ、そこにいますね」

「うん、あたしここにいる」

互いの存在を確かめ合う——

だから大丈夫なんだと——前に進んで——……

ふわっ、と視界が開けた。

唐突に風も雪も止んでいた。

嵐の目のように、そこだけ空気が凪いで、上を見渡せば球状に白い嵐がここを包んでいるのが見えた。あんなにうるさかった風の音が、不思議とここでは聞こえない。

そこは山頂だった。広い空間が広がっている。光に包まれている。眩く、神々しく、けれど優しい光が——地面から発せられていて——

「……これは」

シエンが呆然と呟いた。よろめくように一歩、二歩。

山頂には——光輝の花が、神聖帝国の象徴花が、光り輝く不可思議な白い花が、見事な花畑となって広がって、燦然《さんぜん》たる輝きを放ち続けていた。

「……え？　じゃあ、山の天辺が光ってたのって……」

ノゾミはこの世ならざる様な光景に目を見開く。この花が大量に咲いていたので、山頂が光っているように見えただけ――……？

「そんな……じゃあ……これって……」


――地獄なんて、なかった。


どさ、と音がした。シエンは花畑の真ん中で、崩れ落ちるように膝を突いた。皮肉にも神聖帝国民が崇めた花の中、またも、自分が死によって救われることはないのだと思い知る。思い知らされる。その光はまるで、信じ続けてきた信仰が、彼を支えた御光という概念が、シエンの全てを否定しているかのようだった。それは、希望が絶望に変わる瞬間。天使の顔をした希望が、絶望という悪魔になって、人間の心を踏み潰す瞬間。

シエンはこの絶望を何度も何度も、何度も何度も何度も、何度も何度も何度も何度も何度も、何度も何度も何度も何度も味わってきた。もう彼の心は、人の形を保っているることが奇跡なほど、壊れて傷ついて血を流していた。それでも、それでも、と、これまで何度も立ち上がり続けてきたけれど。――シエンの信じたものが、シエンを嘲笑っているかのようなこの状況は、男の心を深く深く抉ってしまった。

「御光よ、狂い果てて壊れ死ねと申すのですか。それが罪深き私への罰なのですか。数多の戦に加担し、数多を殺し、仲間を救うこともできず、護るべきものを護れず、何もできないまま、愛すべき幼い隣人すらも道連れにしようとした、私の罪だと言うのですか」

地面を握り込めば、ぷちぷちと花々は無惨に千切れる。千切れた花々を震える掌上に掬い出す。もがれた花は光を喪い、ただの白い半透明の花になる。己はこの花と同じ。もがれたこの花と同じ。もう二度と光れない。もう二度と土には還れない。ただ朽ちて腐っていくだけの、無為な徒花《あだばな》。

いつになったら終われるのか？　あとどれだけ、この苦しみを繰り返せばいい？　どうしてこのような姿になってまで生き続けなければならないのか？

男は、光らない花がこぼれ落ちていく掌を項垂れて見つめ続けた。まるで断頭を待つ罪人のようだった。だがノゾミを断頭台から救い出した時の威風堂々たる荘厳さはそこになく。ただの無力な弱い男が、そこにいた。

――白い手が、今にも錆び付きそうな男の銀の掌を掴んだ。男が顔を上げるよりも先に、柔らかくて小さな手は、男の腕を引っ張った。花畑へ――飛び込むように――

「うわ、」

前のめりに、男は花畑に倒れ込んでいた。花畑がクッションのように、柔らかく体を受け止めてくれた。顔を上げれば、隣に狼の耳をつけた少女が、同じようにうつ伏せに、花の中に倒れ込んで、シエンの方へ顔を向けて、微笑んでいた。輝きの中、二人の間には、繋がれた手があった。大きな手と、小さな手。

「御光も。神様も。この世にはいないよ」

微笑む少女は、繋いだ手をぎゅうっと握る。二人が花畑に飛び込んだことで、空には花弁が、光っては輝きを失っていく欠片達が、ひらひらと幻想的に舞っていた。星屑が降るような光景だった。

少女は、信じたものに裏切られる痛みを、もう知っていた。だからきっと、『同じ』なのだ。あの時、『家族』に裏切られた時の、耐えがたい痛みと……シエンが希望と信仰に報われなかった痛みとは。だから今度は、自分がシエンを助ける番なのだ。大丈夫だよ、もういいよ、ここは安全だよ、もう大丈夫だよ、ここにいてもいいよ、そう伝える番なのだ。

「だからさ、シエン――」

微笑んだまま、少女は、ノゾミは、その赤い瞳から涙を流し始めた。二度と涙を流せないシエンの分まで、少女は泣きながら、こう言った。

「一緒に帰ろう」
――静かな、光が、世界を満たしている。
もう帰る場所なんてない。シエンはずっとそう思っていた。
けれど。
そうじゃないのかもしれない。
小さな手を、握り返した。輝く白い花の中、少女の涙の美しい煌めきを見つめて。
シエンにはノゾミがいた。
男はとうに赦されていた。生きることを。傍にいることを。
まだ帰る場所が、男にはあったのだ。
――祝福のように、花弁の形をした光が降っている。
まだ歩ける。まだ帰れる。まだもう少しだけ、生きて、歩いて、いけるかもしれない。
いつかこの希望は絶望になるだろうか。それでも。
この光は、希望は、とても――暖かかった。
「……そうですね。帰りましょうか、一緒に」

7：nowhere

今になって考えてみる。

サギリは、かの神聖不滅騎士は、復讐の道中にあの雪山に辿り着いたのではないだろうか。不倶戴天なる敵の『邪教徒』の寺院を見つけた彼は、徹底的に殺意を剝き出しにしたに違いない。対する寺院の者らは、『悪名高き』神聖不滅騎士の接近に、寺院を護るべく防御魔法を展開した――それがあの、雪と嵐の魔法。しかし不滅の騎士の前に、そんなものは通用しなかった。結果として行われた、サギリによる虐殺……。

そして殺戮を終えたサギリは、いったい何を思い、嵐の吹き荒れる無人の雪山を彷徨ったのだろう。かくして流浪する彼は――山頂で、あの光輝の花を見つけたのではないだろうか。

狂って壊れ逝く自我の中、故郷の花を護るように、自らの命をリソースとして用いる神聖魔法を、自らを顧みず行使し、雪嵐の中心点を花畑にずらしたのではないだろうか。そして……壊れ果てても、あの花園を護らんと、シエンとノゾミの前に立ち塞がったのではないだろうか。

彼はどんな気持ちで、あの寂しい雪山で、故郷の輝く花を見つめていたのだろう。今となっては、確かめる術などどこにもない。確かなことは一つ。サギリはもう、失意と孤独からは永遠に解放されたということだ。……あの世で、ロウカと愛する子に会えただろうか？

麓の村に戻った頃、オルト達の一行は既に次の依頼の為に旅立っていた。シエンとノゾミはゆっくりと心身を休めた後、再び旅に出る――。

――青い空。青い海。輝く太陽。

寄せては返すエメラルドグリーンの海。きらきら輝く真っ白な砂浜。

「あはは！　あはは！　きゃあ～～～～！」

少女の弾けんばかりの笑い声。白いワンピース姿の、狼の耳と尻尾をつけた黒髪の少女が、大はしゃぎで波打ち際を走る。跳び回る。素足に飛沫、常夏《とこなつ》の煌めき。そんな海のほど近い場所には、真っ赤に錆び付いた巨大戦艦が横転し、草葉が茂り、無人島と化しているのが見えた。

「ノゾミ、貝殻を踏んづけて足の裏を切らないように……」

少女の足跡をゆっくり追うのは、白銀の鎧の男。真っ青な空を映し込み、鎧は瞬いている。

「泳ぎたい！　シエンあたし泳ぎたい！　泳ぎたい！　泳ぎたい泳ぎたい泳ぎたい泳ぎたい泳ぎたいわうわうおあ〜〜〜〜〜〜〜!!」

波の上でぴょんぴょん跳んで、ご機嫌のままに吼えて、ノゾミは両手を振っている。

「深いところに行っちゃダメですよー」

「はーぁい！　魚いるかな、魚！　昼ごはんにする！　いってきます！」

「いってらっしゃい」

シエンが手を振れば、少女は元気溌溂と海に飛び込んでいった。元気いっぱいな様子に、鎧の男は小さく笑って。なんでも入る魔法の鞄を開くと、するする、長いパラソルを取り出し、砂浜に刺した。

「シエンも泳ぎなよーーー」

ばちゃばちゃ泳いでいるノゾミが声を張る。

「鎧なんで沈みます〜〜〜」

同じぐらいの声量で返し、シエンは日陰に腰かけた。

ざざん。ざざん。波の音と、少女の笑い声。

ほどなく、狼の姿となってノゾミは海から飛び出すと、ワンピースを咥えたままとんでもない速度で駆けてきて、シエンの目の前で思いっきり体をドリルのように回転させて水を切った。毛皮にたっぷり含まれた海水が、シエンにびしゃしゃしゃしゃとかかる。

「うわわうわわうわわわわ」

「んはははははは！　海のおすそわけ！」

狼少女は笑って、楽しい気持ちのままシエンの周りをぐるぐる走る。

「もう……」

シエンは笑って、海水が滴るまま、笑う少女を見つめていた。

「あ！　そうだそうだ」

ノゾミはするすると人の姿になる。咥えていたワンピースを着て、砂浜の上に置いていた自分の鞄を探った。

「ねえシエン、光輝の花って砂浜にも咲く？」

「波を被る場所だと少々厳しいやも。離れていれば咲くと思いますよ」

「よしよし」

ノゾミが取り出したのは、小さな布袋。この中には『地獄』から採ってきた、光輝の花の種がたっぷりとある。サギリが壊れてもなお護り続けていたあの花畑の、小さな種。

「植えてくる！」

「行ってらっしゃい」

ノゾミはこの種を、楽しいことがあった場所に一粒ずつ植えていくことにしていた。自分達がここにいたことを、残すかのように。

波を被らない、波打ち際から少し離れた緑地、ノゾミは小粒の種を土に埋めた。立派に生えるんだぞ、と願いを込めて土をぽんぽんとたたいた。

それが終われば、また海遊び！　ノゾミは海の方へ、笑ってはしゃぎながら、ロケットのように走り出した。

「ふふ」

シエンは穏やかに見守っている——きらきら輝く、美しい光景を。


——南のとある島に、『天国』へ通じるという不思議な場所があるらしい。

地獄の次は天国って。

笑ってしまうが、本当らしい。

その話を聞いた時、狼少女はこう言った。

「それじゃあ次は、一緒に天国にいってあげる」

——二人の旅は、『死ぬまで』続く。

了

本作品は当文庫のための書き下ろしです。

本作品はフィクションであり、実在の個人・団体などとは一切関係がありません。

文芸社文庫NEO

「一緒に地獄に落ちてあげる」狼少女はそう言った

二〇二三年五月十五日　初版第一刷発行

著　者　あまひらあすか
発行者　瓜谷綱延
発行所　株式会社　文芸社
〒一六〇－〇〇二二
東京都新宿区新宿一－一〇－一
電話　〇三－五三六九－三〇六〇（代表）
〇三－五三六九－二二九九（販売）
印刷所　株式会社暁印刷

ISBN978-4-286-30113-6

［文芸社文庫ＮＥＯ　既刊本］

あまひらあすか
終末世界はふたりきり

人類が〝ほぼ滅亡〟してからX日。ただ一人生き残った人間・ネクロマンサーは、ゾンビのユメコと楽しく快適に暮らしていた。死霊術師とゾンビ少女のほのぼのポストアポカリプスファンタジー！

久頭一良
死神邸日和

高２の楓が引っ越してきた家の近所に、「死神」と呼ばれる老女が住んでいた。死神の正体とは…。日常に転がる小さな謎と思春期の少女の葛藤を描いた第５回文芸社文庫ＮＥＯ小説大賞大賞受賞作。

佐木呉羽
神様とゆびきり

幼い頃から神様が見える真那は、神様に守られながら成長した。高校一のイケメンから告白されたことで、女子たちから恨みを買う。すると体に異変が…。時を超えたご縁を描く恋愛ファンタジー。

新馬場新
月曜日が、死んだ。

ある朝、カレンダーから月曜日が消えていた。薄れていく記憶、おかしな宗教団体、元カノの存在。月曜日の悲しみに気づき、元の世界を取り戻せるのか。第３回文芸社文庫ＮＥＯ小説大賞大賞受賞作。

[文芸社文庫ＮＥＯ　既刊本]

遠野秀一

うらめしや本舗

ある事故で地縛霊となってしまったボク。妖怪会社にスカウトされたが、幼馴染の陰陽師に命を狙われ、死後もおちおちしてられない！　ハチャメチャのち爆笑、ときどきホロリの痛快ギャグ小説。

人間六度

ＢＡＭＢＯＯ　ＧＩＲＬ

満天の星の夜、天体観測をしていた高校1年生のソラは、落下してくる不思議な物体を目撃する。駆けつけると、そこには緑色の髪をした女の子が立っていた。竹取物語×青春ＳＦファンタジー。

ひろりん

箱をあけよう　メイの異世界見聞録

神社で妙な男に渡された箱を開けると、なんとそこは海の上！イケメンの船長をはじめ男ばかりの商船に助けられた芽衣子はメイと名乗り少年のふりをして働き始める。異世界冒険ファンタジー。

水名月けい

猫目堂　心をつなぐ喫茶店

もう会えないはずの〝あの人〟にもしもまた会えたら…。ある理由からクリスマスが大嫌いな女性、娘の結婚を祝えなかった男性――様々な人とあちらの世界をつなぐ、山奥の不思議な喫茶店の物語。